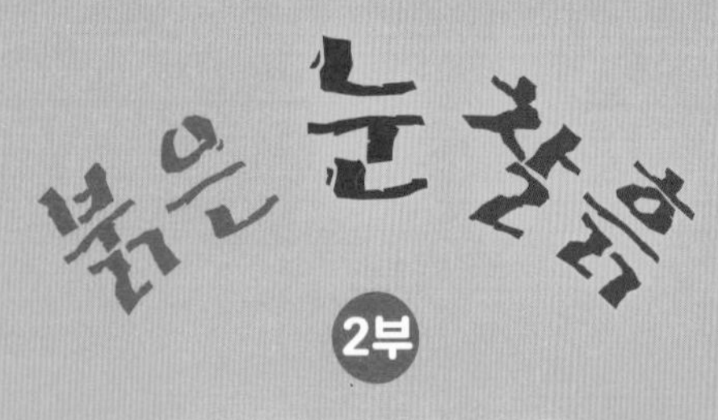

마녀와 신비한 찰흙

1판1쇄 발행 / 2025년 5월 1일

발행인 김삼동
글 · 그림 김삼동
편집 조성훈
인쇄 신진인쇄
펴낸곳 도서출판 THE삼
주소 (03427) 서울시 은평구 서오릉로21길 36 현대@101동 401호
전자우편 ksd0366@naver.com | **전화** 02) 383-8336

ISBN 979-11-89780-18-0
도서출판 THE삼은 문학브랜드입니다.

2부

마녀와 신비한 찰흙

글 · 그림 김 삼 동

도서출판 THE 삼

작가의 말

찰흙을 조몰락조몰락 만지고 있으면 무얼 만들지 온갖 상상들이 펼쳐집니다.

곰을 만들까, 토끼를 만들까, 내가 좋아하는 짝지 얼굴을 만들까, 책에서 봤던 괴물을 만들까 아니면 우주선을 만들까 마음이 설렙니다.

특히 찰흙의 감촉을 손끝으로 느끼면서 만들고자 하는 동물의 특징이나 형태를 잘 살려 재미있게 만드노라면 마법 같은 일들이 벌어집니다.

찰흙의 종류도 참 많습니다.

어렸을 때는 논두렁을 파서 흑갈색이나 갈색 흙을 학교에 가지고 갔던 기억이 납니다. 그리고 학교에서 종이찰흙을 만든 기억도 납니다.

요즈음은 문구점에 가면 마음에 드는 찰흙을 살 수 있습니다.

그런데 찰흙세계에 가면 우리가 생각지도 못한 찰흙들이 많답니다.

마음찰흙, 거품찰흙, 낄낄찰흙, 방귀찰흙, 웃음찰흙, 간지럼찰흙 등 특히 어린이들이 가장 좋아하는 마법찰흙이 있답니다.

구약성경에도 기록되어 있답니다.

'여호와 하나님의 땅의 흙으로 사람을 지으시고 생기를 그 코에 불어 넣으시니 사람이 생명이 되니라' 라는 구절이 나옵니다.

마법사들과 도공들은 여호와 하나님이 사용했던 흙을 찾으려고 세계 여러 나라를 찾아다녔답니다.

이야기에 의하면 율이라는 마법사가 신비로운 힘을 가진 흙을 찾았답니다.

'붉은 눈 찰흙' 이랍니다. 찰흙의 알갱이마다 생명이 있답니다.

붉은 눈 찰흙은 정의로운 자, 가장 절실히 필요한 자만이 만질 수 있답니다. 조금이라도 나쁜 마음 또는 욕심이 있는 자는 붉은 눈 찰흙을 만지거나 보는 즉시 저주를 받는답니다.

여러분!

나와 함께 마법의 찰흙세계를 다녀올까요?

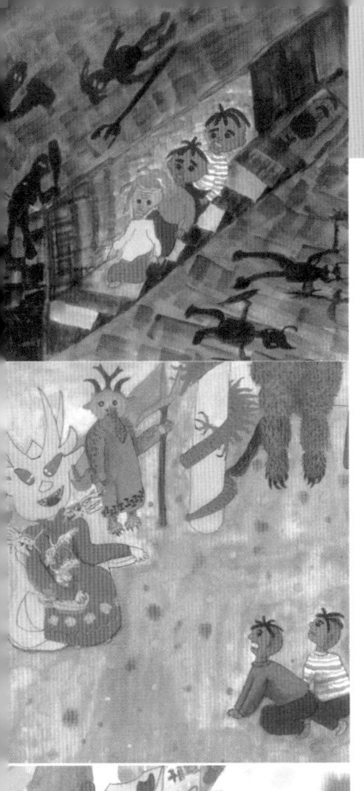

마녀와 신비한 찰흙

18. 흉흉 할머니의 이야기1 06
19. 흉흉 할머니의 이야기2 24
20. 붙들리다 33
21. 찰흙성의 마왕 39
22. 요술찰흙 50
23. 첫 번째 요술 60
24. 마녀의 첫 번째 비밀 69
25. 구렁이가 된 동생 78
26. 마녀의 흉측한 모습 83
27. 마귀들 91
28. 뿔귀의 못된 장난 97
29. 성민이의 활약 102
30. 붉은 눈 찰흙의 비밀 106
31. 마녀의 두 번째 비밀 117
32. 허깨비에 속다 125
33. 마귀들의 속임수 139
34. 성민이가 붙들려가다 143

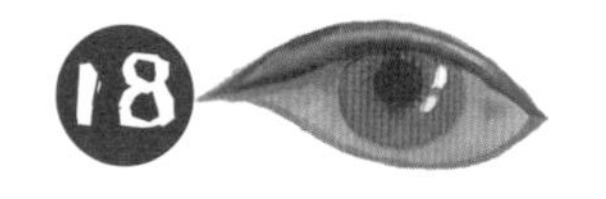

흥흥 할머니의 이야기

찰흙세계가 눈앞에 보였다.

크고 작은 나무와 풀 그리고 바위들이 색칠한 것처럼 아름다웠다. 살갗에 닿는 바람은 따스하고 상쾌했다. 방향제를 뿌린 것처럼 상쾌한 향기가 코끝을 간질였다.

찰흙세계 입구에 다다랐을 때, 받아쓰기 틀린 낱말 110번을 쓰고 난 후처럼 잠이 쏟아졌다. 성민이는 졸리는지 낯선 아저씨 옆에 등을 기대어 눈을 껌벅이고 있었다. 주위에는 모양이 다르고 크기도 다른 나무 의자가 흩어져 있었다. 찰흙세계에 들어가지 못한 사람들은 의자 옆으로 쓰러져 자거나 편안하게 누워서 자는 사람도 있고, 둘이 포개져 자는 사람도 있었다. 할머니 할아버지도 있고 어른도 아이도 여자도 남자도 있었는데 서른 명은 될 것 같았다. 그런데 자세히 보니 오랫동안 누워 있었는지 조금씩 달라도 먼지와 낙엽으로 쌓여 있었다. 엄마는 보이지 않았다.

낙엽에 쌓인 땅바닥에 앉아도 누가 뭐라 할 사람이 없었다. 졸려서 눈을 감았다.

이름을 알 수 없는 새소리에 잠이 깼다.

성민이가 헤헤헤 웃고 있었다.

나는 성민이에게 '내가 왜 여기서 자고 있었어?' 라고 눈으로 물었다.

"나도 몰러!"

성민이가 고개를 저으며 헤헤헤 웃었다. 아기의 웃음처럼 맑다고 느껴졌다.

입구에는 '찰흙세계' 라고 찰흙으로 만든 돌 위에 씌어 있었다. 커다란 아치형 천정과 기둥은 엄청난 양의 찰흙으로 만들어졌다. 발을 내딛는 땅도 칼라 찰흙으로 구워서 만들었는데 벽돌에는 갖가지 꽃과 나무, 새의 모양이 있었다. 이 모든 걸 만드느라 얼마나 많은 사람이 일했을까 그리고 나도 여기에서 살면 얼마나 좋을까 생각했다.

그때 병사 두 명이 다가왔다.

손에는 기관총 비슷한 총으로 우리의 가슴을 겨누며 멈추라고 했다.

우린 손을 들라는 줄 알고 두 손을 번쩍 들었다.

"신분증을 보여줘라!"

"신분증?"

"그렇다."

"전, 홍홍 할머니를 만나러 왔는데요?"

"신분증 없이는 들어갈 수 없다."

"흠흠흠!"

그중 키 큰 병사가 가까이 다가오다 코를 킁킁거리며 인상을 찌푸렸다.

"하수구 냄새가? 악취, 똥, 더러운!"

뚱뚱한 경비병이 코를 막고 뒤로 한 걸음 물러났다.

뒤따르던 키 큰 경비병이 돔처럼 생긴 건물에 들어갔다가 기다란 호스를 가져왔다. 끝이 가느다랗고 손잡이에 누름단추가 있었다.

우린 목욕을 시키나 보다 생각했다. 경비병이 호스 끝을 우리 몸에 겨누자 우린 피했다.

"움직이지 마라!"

산에 내려올 때 흙먼지를 털어주는 흙먼지 제거기보다 훨씬 강력한 바람이 호스에서 뿜어져 나왔다. 서 있기가 어려웠다.

"움직이지 말라니까!"

내가 뒷걸음질 치자 뚱뚱한 경비병이 소리쳤다.

"이걸 신어라! 너희들 신발이 더럽다."

경비병이 내민 투명한 신발은 고무처럼 늘어나는 신발이었다. 운동화를 신고 그 위에 신었다.

"도령을 만났느냐?"

뚱뚱한 경비병의 말에, 나는 고개를 끄덕였다.

"오른손을 펴 봐라!"

"어!?"

손바닥에는 내 얼굴 사진과 이름, 나이가 씌어 있었다.

"찰흙마왕이 아무도 들여보내지 말라고 명했는데 아이를 들여보내다니.”

뚱뚱한 경비병이 키 큰 경비병에게 이 일을 어떻게 처리할지 눈짓으로 물었다. 키 큰 경비병이 나도 모르겠어라고 어깨를 으쓱했다. 둘은 한참 동안 낯선 말로 이야기를 나눴다.

“우린 홍홍 할머니를 만나러 왔어요.”

나는 경비병들이 들여보내 주지 않을까 봐 조바심이 났다.

뚱뚱한 경비병이 들어가도 된다고 고갯짓했다. 홍홍 할머니를 만나려면 어디로 가야 할지 물었다. 뚱뚱한 경비병이 총 끝으로 아치형 입구를 지나 오른쪽으로 가라고 가리켰다.

우리는 커다란 아치형 입구에 들어섰다.

펑! 펑! 펑!

폭죽과 함께 ‘환영합니다!’ 라고 적힌 천이 하늘 높은 곳에서 아래로 펼쳐졌다.

공중에는 형형색색의 빛무리들이 비눗방울처럼 둥둥 떠다녔다. 찰흙세계의 집들도 색깔만큼이나 다양했다. 모두 아이들이 좋아하는 색깔로 칠해져 있었다. 모양이 다양한 건물과 건물을 이어주는 통로가 놀이동산을 떠올리게 했다. 마치 동화 나라 같았다.

그동안 소문으로 도깨비 길과 도령의 이야기를 들었지만 찰흙세계에 대한 이야기는 처음이었다. 성민이는 “진짜 좋아!” 라는 말을 연신 내뱉었다.

나는 이곳에 엄마가 있을지 모른다는 생각이 들었다.

사방에서 사람들이 우르르 몰려왔다.

피부색은 달라도 모두 인형 같았다.

그들은 호기심 가득한 표정으로 우리에게 가까이 다가오려고 밀치기도 했다.

그때 사람들 사이를 뚫고 나보다 반 뼘가량 작은 홍홍 할머니가 나타났다.

"홍홍홍홍홍!"

홍홍 할머니가 나와 성민이를 번갈아 훑어보며 콧소리로 기분 나쁘게 웃었다.

머리카락은 마구 헝클어지고, 주름살은 이마와 볼까지 가득하였고, 옷이 더러웠다. 영화나 책에서 본 떠돌이거나 거지 마녀 같았다.

"둘씩이나 나타나다니잉!"

홍홍 할머니가 눈을 동그랗게 뜨고 콧소리로 말했다.

내가 싫어하는 코맹맹이 소리라 "윽! 짜증나!" 라고 소리칠 뻔했다. 새엄마인 마녀의 콧소리를 들을 때마다 속이 뒤집혔는데,

"여기는 어떻게 왔지잉?"

"누, 누구세요?"

"내가 먼저 물어봤지잉, 여기는 어떻게 왔징?"

"도령이 가라고 해서 왔어요. 재랑요!"

나는 홍홍 할머니임을 직감했다. 하지만 단정하기는 일렀다. 도령을 만나고 이곳에 오는 동안 홍홍 할머니는 멋쟁이 할머니라고 믿었다.

"난 홍홍 할머니다. 도령 중 누구를 만났냥?"

엄마의 말이 옳았다. 만들 것을 정할 때, 상상은 자유로울수록 무한하

지만, 실체는 하나라서 어리석으면 오류를 저지른다고 말했다. 내가 동물이나 사람의 특징을 살려 표현하면 엄마는 칭찬하기 전 내가 왜 이런 표현을 했는지 물었다. 그리고서 표현은 그 사람의 특징에 불과하지 그 사람의 실체가 아니라고 내가 오류를 저지르지 않도록 당부했다. 사람을 직접 보지 않고 상상하는 건 잘못이 있을 수 있다는 말이다. 홍홍 할머니를 멋쟁이 할머니로 상상해버린 것처럼 말이다.

"초록 도령과 붉은 도령을 만났어유."

성민이가 헤헤헤 웃으며 느리게 말했다. 거짓말이 아니라는 건 목소리를 들으면 알 수 있었다.

"도령들이 찰흙마왕의 명령을 어겼구낭!"

홍홍 할머니가 가만 안 두겠다는 투로 내뱉었다.

"밀지마요!"

사람들이 우리의 이야기를 들으려고 밀치거나 무리 사이로 뚫고 들어왔다.

"모두 내가 찰흙으로 만든 사람들이당. 우리 저리로 가장."

홍홍 할미니가 이끄는 네로 우린 찰흙으로 만든 의자로 갔다.

"엄마를 찾으러 왔어요."

"엄마가 어디 갔낭?"

"몰라요. 엄마가 말도 없이 사라졌어요!"

나는 엄마가 사라지던 날 밤이 떠올라 눈물이 나려고 했다.

"목소리를 낮추랑."

홍홍 할머니가 몰려드는 사람들을 의식하며 말했다.

"그래, 어디로 간지 모르공?"

"네."

"도령이 날 만나라고 했구낭."

"홍홍 할머니, 눈으로 이야기할 줄 알아요?"

나는 몰려드는 사람들 때문에 소리를 질렀다.

"눈으로 말을 할 줄 알다니. 넌 특별한 아이구낭!"

홍홍 할머니가 반겼다.

"성민아,"

나는 홍홍 할머니와 중요한 이야기를 나누겠다고 성민이에게 설명했다. 이유는 나중에 말할 거라고, 성민이가 괜찮다고 헤헤헤 웃었다. 홍홍 할머니도 성민이가 삐치지는 않을까 염려하였다가 성민이의 웃는 걸 보고 안심하는 눈치였다.

'좋은 친구구낭.'

'네, 좋아요. 그런데 찰흙마왕은 누구에요?'

나는 홍홍 할머니의 눈을 바라보며 눈빛으로 말했다.

우리의 대화를 엿들을 수 없어서인지 사람들이 웅성거렸다.

'찰흙세계의 마왕이야.'

이번에는 홍홍 할머니가 눈으로 말하는데 친구처럼 말했다. 홍홍 할머니는 마치 할머니와 여자아이 두 사람이 포개진 것처럼 느껴졌다.

'홍홍 할머니는 누구예요?'

나는 홍홍 할머니의 정체가 궁금했다. 눈동자 만큼은 여자아이처럼 반짝였기 때문이다.

'나중에 말할게.'

홍홍 할머니의 슬픈 눈빛이 묻지 말라는 듯 잠깐 머물렀다 사라졌다.

'아까 이야기하려다 그만둔 이야기해 주세요.'

'3년 전에 초록 도령이 인간인 여자에게 마법찰흙이 숨겨진 성을 알려줬어. 그 여자가 마법찰흙을 훔쳐간 거야.

'누군데요?'

'나이는 사십 살쯤 되는 여자였어. 도령 중 누굴 만났느냐고 물었더니 찰흙세계를 구경하러 왔다고 했어. 이것 저것 물어도 그 말밖에 안 했어. 우린 구경하러 온 줄만 알았지. 다음날 그 여자가 사라졌어 마법찰흙을 가지고. 그 이후로 찰흙세계에 아무도 들어오지 못하게 성문마다 문을 다 잠갔어. 찰흙마왕의 왕자라 할지라도 들여보내지 말라고 도령들에게 엄명을 내렸어. 그런데 도령이 이를 어기고 너희들을 들여보냈으니 큰일이지 뭐야!'

홍홍 할머니의 표정은 심각해 보였다.

'너도 들어오면서 수많은 대기자가 있다는 걸 봤지?'

나는 고개를 끄덕였다.

'성문밖에 자는 사람들은 오래전부터 마법찰흙을 얻기 위해서 성문이 열릴 때까지 기다리는 사람들이야. 그런데 너희들은 무슨 연유인지 성문이 열리기도 전에 잠이 일찍 깼구나. 그래서 넌 특별한 아이라고 생각했지.'

홍홍 할머니가 말했다.

'너도 찰흙을 좋아하겠지?'

나는 고개를 끄덕였다.

성민이는 헤헤헤 웃지만 우리의 눈빛 대화를 들으려고 애쓰는 게 느껴졌다. 나와 눈이 마주치자 계면쩍게 웃었다. 홍홍 할머니가 "우리 이야기 얼른 끝내망" 라고 성민이의 등을 다독이며 말했다.

'너의 엄마가 집을 나갈 때 잘 숨기라고 뭘 주었거나 당부한 말이 없었어?'

홍홍 할머니의 날카로운 눈빛이 내 마음속까지 읽으려고 애쓰는 걸 느꼈다.

'어, 없었어요.'

'진짜아?'

'…네.'

나는 붉은 눈 찰흙을 숨기려니 얼굴이 달아오르고 심장이 쿵쿵 뛰었다. 어쩌면 홍홍 할머니가 내 눈을 들여다봤으니 붉은 눈 찰흙이 있다는 걸 눈치챘을지 모른다. 하지만 나는 엄마와 약속을 지키는 게 중요했다.

'그런데 여긴 왜 왔지?'

'초록 도령이 마법찰흙을 준다고 해서 왔어요.'

'초록 도령이 말했단 말이지. 그런데 넌 왜 마법찰흙이 필요한 거냐?'

'마녀를 쫓아내려고요!'

'마녀가 누구야?'

'새엄마요. 아빠가 데려왔어요.'

'솔직히 이야기하는 게 좋아. 그런데 새엄마를 왜 마녀라고 불러?'

'마녀가 이상한 약을 만들면서 '짜쭈짜쭈', '콩폭콩폭' 이라고 주문을 외어요. 그리고 마녀가 준 찰흙으로 만든 찰흙인형들이 나를 못살게 굴고 요.'

'잠깐! '짜쭈짜쭈', '콩폭콩폭' 이라는 주문을 윈다고 했지?'

'네.'

''짜쭈짜쭈', '콩폭콩폭' 은 찰흙세계에서 마녀가 마법찰흙을 만들 때 외우는 주문이야. '찰흙의 신이여' 마법찰흙이 성공하게 해달라는 첫 번째 기도문이야. 그렇다면 새엄마가…?'

'뭔데요?'

'아냐. 아무것도. 계속 이야기해 봐.'

'또 있어요. 마녀가 준 찰흙으로 만든 마녀찰흙인형을 망가뜨리고 버렸는데도 아침이면 내 옆에 와서 협박해요. 그리고 유나찰흙인형도 공부 시간에 방해해서 선생님께 날 혼나게 해요.'

'마녀가 마법찰흙을 줄 때 아무 말 안 했어?'

'내가 찰흙을 좋아하니까 선물로 준다고 했어요.'

'이제아 알겠구나. 넌 마녀가 준 찰흙으로 찰흙인형을 저주하며 만들었겠구나. 그러니 넌 찰흙으로 만들기의 기본부터 배워야겠어.'

'나도 알아요. 하지만 마녀가 미웠어요. 매일 다섯 가지씩 일을 시켰어요. 그래서 마녀찰흙인형을 없애고 싶어요.'

'그건 불가능해. 마녀찰흙인형을 정확하게 99개의 조각으로 부수고, 용의 입에서 나온 불로 태우지 않고는 널 영원히 쫓아다니면서 괴롭히고 협박할 거야.'

'다른 방법은 없어요?'

나는 머리가 지끈거렸다.

홍홍 할머니가 고개를 단호하게 저었다.

'마녀가 가지고 있는 찰흙 중에 특별한 찰흙이 있니? 예를 들어서 보통 찰흙과 색깔이나 모양이 다르다거나 마녀가 손대지 말라고 하거나 어디 깊은 곳에 숨긴 찰흙 같은 것 말야.'

'마녀의 방에 찰흙이 많아요. 훔치거나 만지면 저주를 받아서 구렁이가 된댔어요.'

'그건 찰흙을 만지지 말라고 너에게 겁주는 말이야. 마법찰흙은 중요한 찰흙이라 어딘가에 숨겼을 거야. 왜냐면 찰흙세계에서 잃어버린 찰흙은 불가사의한 힘을 가진 아주 특별한 찰흙이야. 세계에서 단 하나밖에 없는 세계 10대 신비로운 찰흙이라고.'

홍홍 할머니는 주위 사람들이 눈치챌까 봐 다가와 눈빛으로 말했다. 사람들은 우리의 대화를 엿들을 수 없자 시끄럽게 떠들거나 고함을 질렀다.

나는 엄마가 준 붉은 눈 찰흙을 떠올렸다.

아무리 물에 넣고 뭉쳐도 뭉쳐지지 않는 찰흙. 그리고 찰흙 알갱이마다 곤충 알처럼 붉은 눈동자가 있다. 이 사실을 말하지 말라는 엄마의 간곡한 부탁을 이제야 조금 알 것 같았다. 그런데 마법찰흙이라 불리는 붉은 눈 찰흙을 엄마가 훔친 걸까? 나는 의문이 생겼다.

'방금 무슨 생각을 한 거야?'

'아무것도 아니에요.'

'하늘의 기운과 땅의 기운 그리고 사람의 정성과 노력이 깃든 찰흙, 프랑스어로 '떼루아' 라는 신비로운 찰흙이야. 가장 유력한 곳은 경기도 남양주와 여주, 이천에 있는 도자기 마을에서 가져왔다는 이야기와 프랑스 남쪽 발로리스 어느 시골 마을에서 가져왔다는 이야기도 있고, 중국 징더진(경덕진) 도자기 마을에서 가져왔다는 설도 있어. 또 다른 이야기도 있어. 일본 도자기 탄생지라고 불리는 아리타라는 마을이라는 설도 있고, 영국 트렌드 강에 위치한 스톡온트렌트에서 가져온 찰흙이라고 하기도 하고, 이탈리아에서도…. 하여튼 수천 년 전 이야기라 여러 가지 설이 있기 마련이야. 그 이유는 찰흙을 가져온 고을을 숨기기 위해서 그럴듯한 고장을 선택해서 퍼트렸다는 설이 많아.'

'…'

'한 가지만 더 묻겠어. 엄마도 찰흙을 좋아했지?'

'엄마도 어렸을 때 만들기를 좋아했대요. 그런데 돈이 없어서 그만뒀대요.'

'너희 엄마와 새엄마의 사이가 어떤 사이인지 알아?'

'몰라요.'

'그렇담 마녀가 네 엄마 이야기는 안 했어? 가령 엄마는 오지 않을 거라든가. 사라졌다든가? 무얼 찾으러 떠났다던가?'

'한 적 있어요. 엄마는 오지 않을 거라고요.'

'너의 아빠는 엄마에 대해서 혹은 새엄마에 대해서 아무 말도 안 했어?'

'엄마가 집을 나간 건 아빠 때문이에요! 아빠가 엄마한테 '당신이 저주를 받았어야 했어!' 라고 말했거든요!'

나도 모르게 인상이 찌푸려졌다.

'내 짐작인데, 네 아빠와 엄마와 마녀가 삼각관계로 깊이 얽혀 있는 것 같아. 셋 중 네 엄마와 친구가 마법찰흙의 행방을 알고 있을 거야.'

'그걸 어떻게 알아요?'

나는 놀랐다. 엄마가 준 찰흙이 홍홍 할머니가 말한 마법찰흙일 수도 있었다.

'네 아빠가 엄마에게 '당신이 저주를 받았어야 했어!' 라고 말했다고 했잖아. 이 말은 엄마가 받아야 할 저주를 친구가 받았다는 말이야.'

'우리 엄마는 찰흙을 훔치지 않았어요!'

나는 엄마가 누명을 쓸까 봐 눈에 힘주어 말했다.

'네 엄마가 찰흙을 훔쳤다면 저주를 받았을 거야. 하지만 네 엄마 친구가 저주를 받았다고 하니 마법찰흙을 훔친 건 네 엄마 친구일지도 모른다. 왜냐면 마법찰흙을 만지거나 눈만 마주쳐도 저주를 받으니까.'

홍홍 할머니가 '마법찰흙을 만지거나 눈만 마주쳐도 저주를 받는다.' 라는 말을 들었을때 나는 놀라 온몸이 움찔했다.

홍홍 할머니가 '왜 그러니?' 하고 눈을 크게 떴다. 의심하는 눈빛이었다.

'아니에요! 아무것도 아니에요.'

나는 고개를 저었다. 엄마가 주고 간 붉은 눈 찰흙으로 몇 차례나 물에 넣어 주물러도 모래처럼 부스러질 뿐 저주는 없었다. 나는 특별한 아이라고 여우가 말했다. 그래서 마법찰흙을 만져도 아무 일이 일어나지 않았다.

'나도 네 엄마가 마법찰흙을 훔치지 않았기를 기도한다.'

홍홍 할머니가 말할 때, 나는 홍홍 할머니의 눈을 똑바로 볼 수 없었다. 엄마가 준 붉은 눈 찰흙을 들키고 싶지 않았다.

'나를 따라와라. 내가 너희들에게 보여줄 게 있다.'

우리가 길을 걷자, 많은 사람이 따라왔다. 홍홍 할머니가 길을 비키라고 손을 내저어야 사람들이 길을 비켜주었다. 사방에는 신비한 찰흙으로 만든 여러 가지 벽돌로 갖가지 모양으로 지은 집들이 있었다. 그중 특이한 것은 마녀 방에서 본 괴물들의 찰흙인형들도 있고, 안국역에서 본 커다란 해태도 있었다. 진짜 살아 있는 해태처럼 붉은 갈기와 부리부리한 검은 눈, 흰 이빨, 까만 코, 갈색 털이 온몸을 뒤덮고 있었다. 집의 크기에 따라 괴물과 해태도 달랐다.

'세상에는 여러 세계가 있단다. 바람을 일으키는 바람의 세계가 있고, 구름을 일으키는 구름의 세계가 있고, 귀신들이 사는 귀신의 세계가 있고, 신들이 사는 세계가 있고, 마법사들이 사는 마법세계가 있단다. 그 세계를 오고 갈 수 있는 벽이나 틈에 대해서 들어봤어?'

'아뇨.'

나는 귀가 솔깃했다.

'벽 하나를 사이에 두고 안과 바깥이 존재하듯이 다양한 세계도 존재하지. 동전처럼 앞뒤가 있듯이.'

'안과 바깥의 세계요?'

'너 해리포터 이야기책 읽어보지 않았구나?'

'홍홍 할머니는 해리포터를 어떻게 알아요?'

'우린 밤에 벽의 틈을 이용해서 인간세계를 소풍처럼 다녀와. 그때마다 도서관에 가서 책을 본 거야. 도서관은 9시나 10시면 불을 끄잖아.'

'난 해리포터 영화 봤어요.'

'그럼 해리가 호그와트 급행열차를 타기 위해 역에서 벽으로 사라지는 걸 봤겠네?'

'당연히 봤지요.'

'그와 마찬가지야. 인간세계와 다른 세계는 불투명한 벽 하나를 사이에 두고 나누어져 있어. 벽을 통해 다른 세계로 가려면 시간의 틈을 이용해야 해. 넌 시간의 틈에 대해서 들어봤어?'

'아니요.'

'넌 아는 게 뭐가 있니?'

홍홍 할머니가 책도 읽어보지 않았다는 투로 핀잔을 주었다.

'인간세계에서 판타지 세계나 시간의 세계로 가는 시간의 틈이 있어. 하루에 두 번 오전, 오후 0시야. 오전과 오후 12시 59분 59초를 지나서 1시 0분 0초 사이를 시간의 틈이라고 해. 사람들이나 살아 움직이는 곤충이나 동물들까지 생체시계는 1시 0분 0초에는 가수면 또는 수면 상태로 맞춰져 있어. 하지만 마법사들과 부엉이, 두더지 같은 몇몇 동물들은 시간의 틈을 알고 있어. 판타지 세계에서는 그 시간을 시간의 틈이라고 불러. 난 틈의 노래도 알아!'

'할머니는 틈을 볼 수 있어요?'

'당연하지.'

'나도 영화를 봤는데 해리포터가 지하철 벽을 뚫고 기차를 타러 가는 장면을 알아요.'

'틈은 지하철 벽과 벽 사이, 벽과 지붕이 만나는 구석에는 틈이 있어. 훌륭한 마법사들은 길을 걷다가도 사람의 모습에서 그림자의 모습으로 변하여 감쪽같이 사라지기도 해. 또 다른 방법은 주의에 사람들이 보이지 않을 때는 훌륭한 마법사는 지팡이로 문을 그려서 그 문을 열고 다른 세계로 들어가기도 해. 아주 짧은 찰나에 오고 가니까 우리가 눈으로 볼 수가 없었어. 만약 봤다 해도 허깨비를 본 줄 알아.'

나는 홍홍 할머니의 말을 절반밖에 이해할 수 없었다.

'너 마법찰흙에 관심 있어?'

'아주 많아요.'

'마법찰흙을 만들 재료와 방법만 안다면 여러 가지 마법찰흙을 만들 수 있어. 마음찰흙, 방귀찰흙, 슬픔찰흙, 분노찰흙, 근심찰흙, 웃음찰흙, 눈물찰흙, 간지럼찰흙, 낄낄낄찰흙 등을 만들 수 있어.'

'지난번에 마녀가 만든 약으로 찰흙인형의 가슴에 주사를 주었더니 사자찰흙인형이 진짜처럼 으르렁거리고 움직였어요.'

'당연하지. 마녀가 만든 약은 찰흙인형의 심장을 움직이게 하는 약일 거야. 조금 까다롭기는 하지. 너도 요즘 인기 있는 마법찰흙 하나 만드는 걸 가르쳐 줄까?'

나는 귀가 번쩍 뜨였다.

'사람을 종일 실실 웃게 하는 낄낄낄찰흙은 하이에나 콧수염 2g에다 파리 날개 0.3g, 새우수염 1g, 고춧가루 0.2, 찔레나무 어린잎 한 장, 무좀 걸린 발바닥 가루 1g, 물푸레나무즙 0.3g, 마법의 힘이 들어있는 약 한 방울 떨어뜨리고 주문을 외우면서 98.3도에서 도토리묵처럼 되직하게 끓인 물을 찰흙에 섞어서 원하는 동물을 만들면 돼. 마법사나 마녀라면 차 한 잔 끓이듯이 금방 만들 수 있어.'

홍홍 할머니가 내 눈에서 떼지 않고 설명했다.

마녀가 늦은 밤마다 커다란 솥에다 뭔가 넣고 주문을 외우며 주걱으로 젓는 모습이 생생했다.

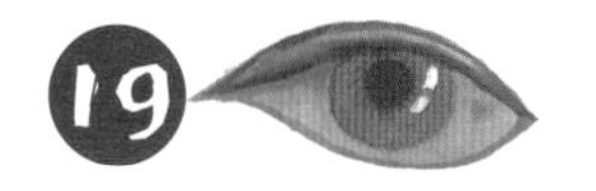

홍홍 할머니의 이야기 2

'누가 이걸 창가에 놓고 갔어요.'

나는 주머니에서 돌멩이 다섯 개를 홍홍 할머니 손바닥 위에 놓았다.

'이건!'

홍홍 할머니가 휘둥그레진 눈으로 돌멩이 하나하나 주의 깊게 살폈다.

'다섯 개의 수호마법찰흙동물들이야. 이걸 누가 놓고 갔어?'

'꿈을 꿨어요. 처음에는 새가 부리로 유리창을 쪼았어요. 문을 열어 보니까 찰흙으로 만든 엉터리 새같았어요. 제가 새를 잡으려고 손을 내밀었다가 아저씨가 날 꼼짝 못하게 했어요.'

'잠깐, 꼼짝 못하게 하다니?'

'아저씨가 손으로 새를 흉내 낸 거였어요. 저는 그걸 모르고 새를 잡으려고 한 거고요.'

'얼굴을 봤느냐?'

'보지 못했어요. 뭐라고 말했는데 기억도 안 나요.'

'다섯 개의 수호마법찰흙동물을 마녀 사부가 네게 보낸 이유는 간단

해. 너희 엄마가 너희 집 어딘가에 마법찰흙을 숨겼을 거야. 수호마법찰흙동물을 보낸 건 마법찰흑을 지키기 위해서야. 새엄마는 그걸 찾으려고 너희 집에 왔고, 너희 아빠는 그 사실을 모르고 새엄마를 데려온 거야. 이제야 알겠어.'

나는 붉은 눈 찰흙이 있다는 말이 목구멍까지 올라왔다. 홍홍 할머니는 나쁜 사람은 아닌 것 같았다.

'수호마법찰흙동물들이 뭐하는 동물이에요?'

'수호마법찰흙동물들을 수호동물이라고 줄여서 부르기도 하는데 주인을 보호하기 위해 싸우는 동물이야. 원래는 열두 개였어.'

'할머니는 어떻게 그걸 알아요?'

'나는 전해져 내려오는 이야기를 들었지. 특히 아주 오랜 옛날 찰흙세계는 상상할 수조차 없을 만큼 흥미진진했다고 해. 마법사들은 찰흙으로 온갖 동물이나 식물을 만들고 생명을 불어넣었다고 해. 그중 나쁜 마법사들이 못된 마귀들과 세균 그리고 전염병을 옮기는 해충과 괴물들을 만들어서 찰흙세계를 망쳐놓기 전까지 말이야. 지금은 그 비밀이 누군가가 왜 숨겼는지 알 수 없지만, 어딘가에 찰흙에 관한 내용이 기록된 수천 권의 책과 마법찰흙들이 숨겨져 있다고 해.'

'그럼 할머니는?'

'처음에는 나도 너처럼 찰흙세계가 있다는 걸 몰랐지. 도서관에 가서 찰흙세계에 관한 책을 읽고 알게 됐지. 수호동물찰흙도 오라 마법사가 서역에서 열두 개의 돌멩이를 가져왔다는 이야기도 책을 통해서 알았어. 그중 다섯 개의 돌멩이를 마녀 사부에게 주었다고 했어. 그런데 다섯 개

의 수호동물이 네가 가지고 있다니 믿기지 않아.'

'돌멩이가 마법이 있다니 믿기지 않아요.'

'나도 너와 같은 생각이야. 하지만 지금은 찰흙에도 마법이 있다고 믿어. 최초 인간도 동물도 나무도 모두 찰흙으로 만들고 생명을 불어넣었다고 해. 그래서 사람이나 동물 그리고 나무도 죽으면 흙으로 돌아간다고 하지. 구약성경에도 나와 있잖아. '여호와 하나님의 땅의 흙으로 사람을 지으시고 생기를 그 코에 불어 넣으시니 사람이 생명이 되니라' 라는 구절이 나오지. 그 비밀을 태초에 사람들도 알고 있었어. 그래서 태초에 사람들은 지구 어딘가에 여호와 하나님이 인간을 만든 신비로운 흙이 있다고 믿었어. 그 흙을, 그러니까 하나님이 인간을 만들 때 사용한 그 흙을 태초부터 지금까지 마법사나 마녀 그리고 그릇을 만드는 도공들까지 찾으려고 수천 년 동안 떠돌아다니며 찾았어. 지금으로부터 만이천여 년 전 율이라는 나이 많은 마법사가 그 신비한 흙을 발견하고 그 흙으로 수호마법찰흙동물 열두 마리를 자신의 혼신을 쏟아부어 만들고 숨을 거두어버렸어. 그의 제자가 12개의 돌멩이를 각각 하나씩 가지고 서역과 동방까지 갔다가 바람을 베는 칼을 가진 무사에게 빼앗겼지. 그 칼이 반지의 제왕에 나오는 엑스칼리버라는 칼처럼 강력했지, 아마 그 무사도 얼마 가지 않아 다른 무사에게 죽임을 당하고 돌멩이를 빼앗겼지. 돌멩이는 죽음을 부르는 위험한 돌멩이였어! 칼도 마찬가지야.'

홍홍 할머니의 표정이 숙연해졌다.

'...'

'돌멩이를 네가 가지고 있다니 뭐라 도움의 말을 해야 할지 나도 모

르겠어.'

'율 마법사가 발견한 신비한 흙은 어디에 있는지 알아요?'

'세상에는 비밀이 없어.'

'찾았어요?'

'율 마법사가 죽은 지 천년이 지났을 때, 찰흙세계 마법마왕이 11살 꼬마 마법사 누리에게 바람처럼 날아다니는 양탄자를 주고 신비한 흙을 찾게 했어. 누리 마법사는 양탄자를 타고 세계 곳곳을 돌아다녔어. 그 당시에는 세계가 지금처럼 동과 서로 그리고 남과 북으로 나누어지지 않고 하나의 커다란 땅덩어리였어. 누리 마법사는 백삼십칠 년이 지난 백마흔 여덟 살 되던 해에 율 마법사가 찾았던 흙이 숨겨진 굴을 동방에 가서 찾았어. 그때 신비한 흙을 찾는데 보랏빛 털을 가진 두더지의 도움이 컸다고 했어. 보랏빛 털을 가진 두더지는 스스로 자신을 두더지의 신이라고 부르라고 했어.'

홍홍 할머니가 보랏빛 털을 가진 두더지라는 말을 꺼낼 때 나는 두더지 비슷한 괴물을 떠올렸다.

'마법마왕은 그 흙으로 지구상에 있는 동물 수호마법찰흙동물들을 333마리 만들어서 세계를 한동안 지배했어.'

홍홍 할머니는 다섯 개의 수호동물찰흙을 손 안에 쥐고 굴리며 말했다. 그때마다 다그닥! 다그닥! 하는 경쾌한 소리가 났다.

'그럼 333마리의 수호마법찰흙동물들이 있겠네요?'

'당연하지. 하지만 6천600만 년 전 소행성이 지구에 떨어지면서 대폭발로 많은 공룡들이 멸종되면서 수호마법찰흙과 신비한 흙도 땅속 깊

이 묻히게 됐어.'

'그럼 12개의 돌멩이는요?'

'내가 묻고 싶은 질문이야. 사라진 줄 알았던 수호마법찰흙동물 다섯 개가 어찌하여 네 손에 있는지! 수수께끼야. 확률이 수천조 또는 수 경분의 일이야. 바닷가에 특별한 모래알보다 작은 금가루 하나를 찾는 일이지.'

'이제 저는 수호마법찰흙동물로 어떻게 해야 돼요?'

'지금은 단단한 돌처럼 굳었지만 네가 위험이 닥쳤을 때, 수호마법찰흙동물들이 잠에서 깨어나서 널 도와줄 거야. 그러니 빼앗기지 말고 잘 간직하였다가 위험할 때 사용하면 돼.'

홍홍 할머니가 나를 특별한 아이라고 우러러보며 말했다.

나는 수호마법찰흙동물들이 눈빛으로 말한다는 걸 말하고 싶었지만 참았다.

'경운아. 물어볼 게 있어.'

'뭔데요?'

'마녀가 물약을 만든다고 했지?'

'안방 책장 세 개에 삼백 개는 될 거예요. 찰흙인형도 오십 개는 되고요. 우리가 방에 들어가지도 못하게 하고, 만지지도 못하게 하고, 실험할 때는 얼씬거리지도 못하게 해요. 그래서 틀린 낱말을 백 번 쓰게 해요. 숙제가 없으면 어려운 낱말을 공부해야 한다면서 다섯 개를 오십 번 쓰게 하고요.'

'어떤 약을 만드는지 알아?'

'찰흙인형들이 진짜 괴물처럼 몸도 커지고 움직이게 하는 약일 거예요.'

'약물로 찰흙인형들을 실험한 걸 봤겠네?'

'백 번도 더 봤어요. 지난번에 하이에나의 입에 약물을 넣었더니 하이에나가 진짜처럼 움직였어요. 침도 흘리고요. 물려고 으르렁거렸어요!'

'마녀가 바라는 약이 완성되어 가고 있다는 증거다. 큰일이구나!'

'그리고 다른 찰흙인형도 몸이 두 배로 커진 적도 있어요.'

'우리 새엄마도 매일 뭔가 만들었어. 오빠가 약병을 깨뜨렸다고 생쥐

로 만들어버렸어.'

홍홍 할머니가 시커멓게 더러워진 소매로 눈물을 닦았다.

'마녀였어요?'

나는 충격을 받았다. 툭하면 마녀가 나를 구렁이로 만들어버리겠다는 말이 허투루 한 말이 아니었다.

자칫하면 마녀를 없애려다가 내가 구렁이로 되지 않을까 걱정이 됐다. 왜냐면 초록 도령과 붉은 도령을 한꺼번에 봤으니까 좋은 일과 나쁜 일이 동시에 일어난다고 했다. 마녀를 내쫓겠다는 생각이 얼마나 위험한 생각이었음을 깨달았다.

'그래, 우리 새엄마는 백 살 된 여우가 변해서 마녀가 됐어. 비가 오는 밤이나 어두운 밤이면 창밖으로 나가는 걸 봤어. 난 새엄마로 변신한 여우를 없애버릴 거야!'

홍홍 할머니가 입술을 꽉 다물고 코를 팽 풀었다.

나는 홍홍 할머니의 이야기가 진실임을 눈을 통해 알 수 있었다.

'나는 너를 도와줄 거야. 그런데 도령을 둘 다 봤다니 걱정이야.'

홍홍 할머니의 표정이 어두워졌다.

"마법찰흙만 주면 쫓아낼 수 있어요!"

나는 주먹을 불끈 쥐고 흔들어 보였다. 갑자기 홍홍 할머니가 우리 할머니였으면 얼마나 좋을까 생각이 들었다.

'새엄마가 마녀라고 했지? 새엄마에 대해서 자세히 말해 봐.'

나는 마녀에 대해서 숨김없이 말했다.

마녀와 유나가 가끔 한밤중에 사라진 일, 동생이 마녀만 보면 벌벌 떠는 일, 마녀가 내 방에 들어와 찰흙인형들을 손대는 날이면 내 몸에 기운이 없다는 일까지.

홍홍 할머니가 연신 '그럼 그렇지' 라고 고개를 끄덕였다.

'네가 기운이 없는 이유는 마녀가 네 몸에 손을 댔다는 증거야.'

'내 몸에요?'

나는 생각하지 못했던 말을 듣자 귀가 번쩍 뜨였다.

'백 살 된 여우나 구렁이가 사람으로 변한 마귀는 인간의 기 없이는 살 수가 없어. 그래서 최소한 삼 일이나 사 일에 한 번씩은 인간의 기를 흡수해야 살아. 그래서 네가 틀린 낱말 백열 번을 쓰게 해서 잠에 곯아떨어졌을 때 마녀가 네 몸에서 기를 마음껏 훔쳐먹은 거야.'

마녀가 온 뒤로 내 몸이 기운이 없었던 날이 자주 있었다. 특히 새벽이면 내 몸이 나무토막처럼 감각도 없고 손가락 하나 움직일 수가 없었다.

나는 처음에는 의식은 깨어 있어도 몸은 아직 자는 줄 알았다. 마치 꿈처럼, 그렇지 않으면 늦게까지 잠을 자지 못했거나 몸이 어딘가 아파서 그런 줄 알았다. 그러다 마녀가 내 방에 들어와 찰흙인형들을 만지는 날과 내 몸에 이상이 생긴 날과 같다는 걸 나중에야 알았다.

마녀가 무서웠다. 언제든 나를 꼼짝 못하게 하고 해칠 수 있었다.

'마녀를 두려워하지 마. 마녀가 네 몸의 기를 다 빼앗지는 않을 거야.'

홍홍 할머니가 내 마음을 읽었는지 미소를 지으면서 말했다.

'기를 다 빼앗기면 내 몸은 어떻게 돼요?'

'그럴 리는 절대 없을 거야. 그동안 마녀가 너를 없앨 수도 있고 쫓아낼 수 있었는 데도 살려둔 걸 보면 알 수 있어.

마녀는 앞으로도 너의 기가 필요해. 그리고 너희 집에서 엄마가 숨긴 걸 손에 넣을 때까지 너희 집에 머무를 거고. 하지만 조심해야 해. 네가 여기에 왔다 갔다는 걸 알면 마녀가 가만두지 않을 거야.'

홍홍 할머니가 말했다.

나는 결심을 굳혔다.

엄마도 홍홍 할머니와 이야기를 나눴다면 고개를 끄덕였을 것이다. 지금까지 홍홍 할머니가 나를 도와주려는 노력과 의지를 느꼈다. 그리고 마녀는 내가 찰흙세계에 왔다는 걸 가만두지 않을 것이다.

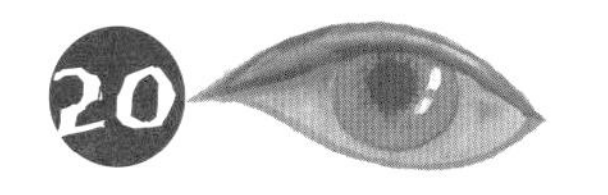

붙들리다

홍홍 할머니가 보여줄 게 있다며 마법찰흙을 만드는 곳으로 안내했다. 높이가 30~40미터 흙벽에는 커다란 문과 형형색색의 깃발들이 꽂혀있었다. 층마다 올라갈 수 있는 사다리나 층계는 보이지 않았다.

"이곳은 과거에는 땅족이라는 사람들이 살았지만, 지금은 찰흙세계 사람들만 남아서 살고 있엉."

"그런데 어떻게 올라가요?"

"과거에는 땅족은 땅속을 잘 아는 민족이었당. 그래서 각종 보물이나 금이 많아서 그들이 쓰는 변기까지도 금과 보석으로 만들어졌다는 소문이 파다했단당. 땅족은 침입자를 막기 위해서 계단을 집 안에 만들고 살았단당."

우리는 푸른 기에 초록 줄무늬가 있는 깃발 아래 서 있었다.

각층마다 사람들이 창문 밖으로 고개를 내밀고 우리를 내려다보았다.

홍홍 할머니가 우리는 지하에 내려갈 거라고 소리치자, 사람들은 실망한 표정을 지으며 하나 둘 사라졌다.

“우리를 구경거리로 생각하나 봐요?”

“오랜만에 바깥세상 사람이 나타나서 호기심이 있었던 거징.”

홍홍 할머니가 말했다.

낡고 부서진 나무문을 당기자 삐걱! 하고 탁한 소리와 함께 문이 열렸다. 아래층으로 내려가는 계단은 천정이 낮은 데다 좁고 어두웠다.

여전히 찰흙세계 사람들은 뒤를 따라왔다.

“지하로 내려간당. 머리를 부딪치지 않게 조심하랑.”

마녀가 입구를 가로막은 거미줄을 손으로 쳐내며 말했다.

"사람들이 따라와요."

나는 찰흙세계 사람들이 신경에 거슬렸다. 그중 키가 크고 입술도 두텁고 코도 뭉툭하고 눈도 부리부리한 남자가 내 뒤를 바짝 붙었다. 주먹이라도 내지르면 뒤통수에 맞을 거리였다.

"사람들이 따라온다고요!"

나는 홍홍 할머니가 못 알아들었나 싶어서 바짝 따라가 소리쳤다.

"내버려두랑!"

홍홍 할머니가 짜증섞인 목소리로 대답했다.

나는 홍홍 할머니가 어둠 속으로 사라질까 봐 바짝 따라갔다.

굴 안쪽도 소인들이 사는 집처럼 폭은 좁고 천장도 낮고 어두웠다. 벽은 찰흙을 구워서 만든 벽돌로 사람들이나 동물들을 볼록하게 새겨져 있었다. 바다에서 볼 수 있는 고래나 물고기도 있었다. 한쪽 벽에는 위로 올라갈 수 있도록 벽을 깎아 만든 계단도 있었다.

홍홍 할머니는 어둠에 익숙한 듯이 휘적휘적 걸어갔지만, 나와 성민이는 발로 계단을 더듬다시피 한 계단씩 밟으며 홍홍 할머니를 따라 내려갔다. 빛이 들어오지 않아서 점점 앞이 보이지 않았다. 자세히 보니 천장과 벽에는 푸른 눈을 가진 시커먼 형체가 둘러붙어 있었다. 그들의 손에는 각종 무기가 있었다.

"벽에 뭐가 있어요?"

"신경 쓰지 마랑."

"우리를 노려보는 데요?"

"모른 척해랑."

"앞이 잘 안 보여요!"

"내 옷을 잡고 따라와랑!"

홍홍 할머니가 둥근 항아리처럼 생긴 주둥이 위로 손을 더듬었다. 그리고 엄지와 중지로 딱! 소리를 내자 푸른 불덩어리가 항아리 위에서 타올랐다.

나는 놀라 한 걸음 뒤로 물러났다.

"너에게 보여줄 게 있어서 데려온 거양! 입 다물고 따라오기나 하랑."

홍홍 할머니가 내 귀에다 속삭였다.

나는 바짝 다가가 '뭔데요?' 라고 눈으로 물었다.

"조금만 더 가면."

홍홍 할머니가 다시 앞장서서 걸었다.

나는 뒤를 돌아다 보았다. 성민이 외에 찰흙세계 사람들은 보이지 않았다. 환한 불빛 때문인지 천정과 벽에 들러붙어 있던 형체들도 보이지 않았다. 이제 말할 때라고 생각했다. 붉은 눈 칠흙에 대해 궁금한 점이 많았다. 그중 뭉쳐지지 않는 점이 가장 궁금했다.

"엄마가 이상한 찰흙을 하나 주셨어요. 찰흙 알갱이마다 붉은 눈이,"

나는 보이지 않는 형체를 의식하고 낮게 말했다.

"쉿!"

홍홍 할머니가 돌아서서 검지로 입에 댔다. 어둠 속에서 본 홍홍 할머니의 표정은 많이 놀랐다.

쿵! 쿵!

그때였다.

벽과 천장에 들러붙었던 시커먼 가면 쓴 사람들이 내 주위로 사뿐히 내려왔다.

나와 성민이는 놀라 뒷걸음질 쳤다.

가면 둘이 나와 성민이가 달아나지 못하도록 양팔을 붙들었다.

나는 그제야 '벽에도 귀가 있다' 라는 속담이 머리에 스쳤다. 그리고 붉은 눈 찰흙을 아무에게 말하지 말라는 엄마의 경고를 어겼다는 걸 후회했다.

나는 홍홍 할머니에게 도와달라고 소리쳤다.

홍홍 할머니가 우리를 외면하고 어둠 속으로 사라졌다.

나는 성민이에게 '미안해' 라고 눈빛으로 말했다.

성민이가 헤헤헤 웃으며 '괜찮아' 라고 답했다. '우린 아무 잘못이 없으니까 괜찮아' 라고 또 한 번 헤헤헤 웃었다. 나를 안심시키려는 성민이의 마음을 읽자 마음이 뭉클했다. 나는 붉은 눈 찰흙 이야기를 해서 붙들린 거라는 말을 하려다 그만두었다.

거인들이 우리를 밖으로 데리고 나올 때 홍홍 할머니는 나오지 않았다.

거인이 쓴 가면은 언젠가 안국역 지하 벽에서 본 해태와 닮았다. 왕방울 눈과 날카롭고 커다란 송곳니, 주먹코와 뿔이 사나운 모습이었다. 병사들이 자신을 무섭게 보이려고 가면을 썼을 거라는 생각이 들었다.

우리는 넓은 광장으로 끌려갔다. 우리를 어디로 데려가는지 묻자, 이들은 가면 안다고만 말했다.

나는 걱정이 많았다. 찰흙세계에서 잃어버렸다던 마법찰흙이 붉은 눈 찰흙이라면 난 어떻게 될까? 감옥에 갇히는 건 아닐까. 여러 가지 생각이 들었다. 그중 붉은 눈 찰흙을 가져오라고 한다면 나는 가져다주어야 할지 고민이었다.

광장 한가운데에는 커다란 벽돌로 둥글게 둘러싸인 탑이 있었다. 연꽃 모양으로 된 돌이 탑을 떠받들고 있었다.

우리는 가면 쓴 거인들의 팔에 매달려 한 계단씩 위로 올라갔다. 탑 위에 오르자 사방이 확 트인 광장과 이어진 통로가 있었다.

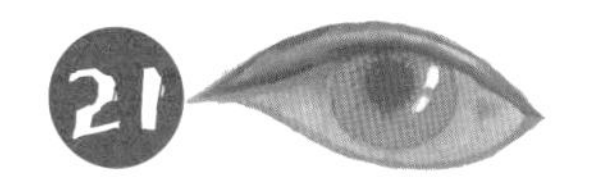

찰흙성의 마왕

우리는 광장을 지나 초록색 성벽으로 둘러싸인 궁전으로 갔다.

벽돌로 쌓은 벽마다 화려한 색깔의 각종 동물과 괴물들의 그림이 있었다. 지붕의 모습은 커다란 독수리 한 마리가 날개를 펴고 성을 품는 형상이었다.

여러 가지 색의 돌기둥으로 둘러싸인 궁전이었다. 지붕에는 이름 모를 동물들이나 괴물 그리고 새나 꽃 모양의 벽돌로 장식되어 있었다.

궁전 입구에는 창과 호리병을 찬 병사들과 해괴한 동물들이 함께 지키고 있었다. 병사들은 여러 가지 장식이 있는 계급장이나 황금 목줄을 두르고 있었다. 목줄에는 깨알 같은 글씨가 동물의 신분과 계급을 의미하는 것 같았다. 동물 중에는 내가 가진 돌멩이에 나오는 동물도 있었다.

나를 데려온 해태 가면 거인이 뭐라고 지껄이자, 2미터 거인 병사가 문을 열어주었다.

두 개의 성을 지나 웅장한 궁전에 도착했다. 궁전 안에는 강당만큼이나 넓고 천정도 높았다. 벽마다 아름다운 색유리나 돌로 장식했고 돌기

둥에는 용이 몸을 감고 오르는 장식으로 꾸며 있었다. 병사는 멋진 가면과 아름다운 장식으로 꾸민 고급 갑옷을 입었고 괴물들은 무기를 들고 있었다.

왕의 황금 의자 뒤로 찰흙에서 봤던 붉은 눈이 있고, 황금 의자 양옆으로 괴상한 무기를 든 괴물이 있었다. 왼쪽의 괴물은 머리에 뱀 두 마리가 있고 오른쪽 괴물은 코에 뱀이 있었다. 천정에는 찰흙 세계로 올 때 보았던 크고 작은 아름다운 색깔의 빛의 무리가 비눗방울보다 훨씬 작지만 둥둥 떠다니며 주위를 환하게 밝혔다.

가면 거인이 우리를 방 한가운데 강제로 무릎을 꿇게 하고 머리는 땅에 닿게 눌렀다. 바닥은 반들반들하고 유리처럼 투명해서 겁에 질린 내 모습이 바닥에 거울처럼 비쳤다.

오른쪽에 무릎을 꿇린 성민이가 헤헤헤 웃었다. 녀석은 위험에 처한 상황에도 여유가 있었다.

"야! 넌 안 무서워?"

"괜찮아. 우리는 잘못이 없단 말이야."

성민이의 말이 옳다. 성민이는 아무 잘못이 없지만, 나는 붉은 눈 찰흙을 이야기했다가 붙들려 왔다. 그래서 마음을 놓을 수가 없었다.

"너 아까 내가 말한 거,"

내가 말하는 중에, 거인이 입 닥치라고 소리쳤다.

사방에서 발소리와 알아들을 수 없는 말소리가 들렸다.

"왕이 나타나니 예를 갖추어라!"

거인이 내 이마가 바닥에 짓눌리도록 억센 손으로 눌렀다. 이마가 찢

어지는 듯 아팠다.

"나는 찰흙세계의 왕이다. 네가 가지고 있는 찰흙에 대해 자세히 말하라!"

왕의 목소리가 웅웅 울렸다.

나는 머릿속이 혼란스러웠다. 홍홍 할머니한테 '붉은 눈' 까지 이야기했는데 이제라도 모른다고 잡아뗄까 고민했다.

"다시 묻는다. 네가 가지고 있다는 찰흙에 대해서 자세히 말하라!"

"엄마가 주고 갔어요. 전 찰흙에 대해서 아무것도 몰라요."

"찰흙의 알갱이에 붉은 눈이 있다는 게 사실이냐?"

"…네."

나는 거짓말하면 불리하다는 걸 느꼈다. 내가 붉은 눈이 있다고 말할 때, 가면 쓴 거인들이 듣고 나타났다.

"잃어버린 붉은 눈 찰흙이 틀림없구나. 지금 어디에 있느냐?"

"마, 마, 말할 수 없어요."

"뭐라!"

찰흙마왕의 목소리가 호랑이 포효처럼 들렸다. 성민이가 눈빛으로 '무슨 말이야' 라고 물었지만 무시했다.

"숨김없이 말하라!"

"…"

나는 위험이 닥칠 때 나를 구해준다는 찰흙을 함부로 말할 수 없었다. 마녀도 붉은 눈 찰흙 때문에 나를 함부로 대하지 못했다.

거인 하나가 와서 나와 성민이의 몸을 샅샅이 뒤졌다.

"마왕 폐하! 없습니다."

"3년 전에 '붉은 눈' 이라는 마법찰흙을 인간인 여인 하나가 비밀의 탑에 들어가서 훔쳐갔다. 네가 붉은 눈을 가지고 있다면 범인은 너의 가족 중 한 사람임에 틀림이 없다."

"엄마는 훔치지 않았어요."

"엄마가 찰흙을 주었더냐?"

왕의 성난 목소리가 웅웅 울렸다.

나는 엄마와 붉은 눈 찰흙과 연결이 돼서 일이 더 커졌음을 깨달았다.

더는 숨길 수 없음을 느꼈다.

“엄마는 훔치지 않았어요.”

나는 엄마가 마법찰흙을 훔치지 않았다고 믿었다.

엄마는 분식집에서 사용하고 남은 밀가루가 한 움큼 남았어도 주인아줌마에게 “이거 가져가도 돼요?” 하고 허락을 받았다. 주인 아줌마도 내가 밀가루 반죽을 좋아하는 줄 알기 때문에 거절한 적이 없었다. 설사 내가 가지고 놀던 밀가루 반죽도 그냥 가지고 온 적이 없었다. 주인 아줌마는 엄마가 너무 착한 결벽증이 심하다고 나무랐다. 엄마는 천성이 그런 걸 고칠 수 없다고 대답했다. 엄마는 아무리 작은 물건이라도 말하지 않고 가져오면 훔친 기분이 든다고 했다. 그러면서 어렸을 때 친구의 필통에 들어있는 천 원을 훔쳤던 이야기를 꺼냈다.

왕은 붉은 눈 찰흙이 날개를 달고 날아갔느냐고, 다리가 있어서 달아났느냐고 다그쳤다.

나는 엄마가 억울한 누명을 쓰면 안 된다는 생각밖에 없었다.

“네가 붉은 눈 찰흙을 가지고 있다는 걸 아는 자가 있느냐?”

“마녀요.”

“마녀는 누구냐?”

“새엄마요.”

나는 아빠가 데려온 엄마라고 설명했다.

“네 엄마는 어디에 가고?”

나는 엄마와 아빠가 싸우던 날 엄마가 어디 간다는 말도 없이 사라졌다고 말했다.

"새엄마가 붉은 눈을 달라고 하더냐?"

"칼라 고무찰흙을 스무 개 사준다. 슬라임도 사준다. 맛있는 거 해준다. 틀린 낱말 백 번 쓰지 않게 해준다. 용돈을 많이 주겠다고 꼬드겼어요."

"그래서 주었느냐?"

"주지 않을 거예요."

"큰일이구나! 새엄마가 붉은 눈을 달라고 했다면 붉은 눈 찰흙 또한 위험하게 됐구나."

"내가 찰흙을 어디에 감추어두었는지 마녀는 몰라요. 말하지 않았어요."

"새엄마 말고 붉은 눈을 아는 자가 또 있느냐?"

"없어요."

"아빠는?"

"관심도 없어요."

"네 옆에 있는 아이는 누구냐?"

"친구예요."

"헤헤헤! 경운이는 내 친구예유."

성민이가 고개를 들고 웃으며 대답했다.

"전 말하지 않을 거예유. 할머니가 말했어유, 제 입은 자물통이래유, 믿어도 돼유!"

"이제 네 친구와 네 엄마 그리고 마녀와 홍홍 할머니까지 붉은 눈을 가진 사실을 알게 됐으니 다섯 명이 되었구나. 그렇다면 이제부터 내 말을 잘 들어라. 너는 당장 가서 붉은 눈 찰흙을 가지고 내게로 오너라. 아무도 모르게 말이다.”

“안 돼요!”

나는 대답만 잘하면 이곳을 빠져나갈 수 있다는 희망이 생겼다. 붉은 눈 찰흙은 내가 위험할 때 구해준다고 엄마가 쪽지에 썼다.

“뭐라고!”

왕이 화를 버럭 냈다.

“엄마가 붉은 눈 찰흙을 주면 안 된다고 했어요. 내가 위험할 때 붉은 눈 찰흙이 나를 구해준다고 했어요.”

“내가 널 한번 들어가면 나올 수 없는 감옥에 가둔데도 말이냐?”

“안돼요!”

“아래를 봐라!”

고개를 숙이고 아래를 봤다.

투명 유리처럼 아주 깊고 캄캄한 감옥이 보였다. 자세히 보니 각종 뼈 위에는 뭔가 꿈틀거리며 움직이는 게 보였다. 구렁이 같기도 하고 벌레 같기도 했다. 사방 벽에도 빈틈이 없을 만큼 벌레들이 우글거렸다. 그때 옆방에서 비명이 들렸다. 얼굴과 형체를 알아볼 수 없을 만큼의 벌레들이 얼굴과 몸에 붙어 있었다. 벌레가 살갗을 물어뜯거나 겨드랑이를 간지럽히고 귀와 코로 제집처럼 드나들었다.

“봤느냐?”

왕이 물었다.

“어제 한 녀석이 마법찰흙을 몰래 훔치려다 붙들렸다.”

왕의 말이 허튼 말이 아님를 느꼈다. 마치 "내 말을 듣지 않으면 널 그곳에 가둘 수 있어" 라는 말과 같았다.

"줄 수 없어요!"

나는 붉은 눈 찰흙 때문에 마녀가 날 어쩌지 못하듯이 찰흙마왕도 날 어쩌지 못할 거라는 확신이 섰다.

"한 가지 더 묻겠다. 숨김없이 답하라. 이곳에 올 때 초록 도령과 붉은 도령 중 누구를 봤느냐?"

"저와 제 친구도 초록 도령과 붉은 도령 둘 다 봤어요."

"뭐라!"

왕이 잔뜩 놀란 표정이었다. 주변에 있던 신하들도 웅성거렸다.

"큰일이로다! 큰일이로다!"

왕이 신하와 이야기를 나누었다.

그리고 얼마 동안 침묵이 흘렀다.

"내 말 잘 듣거라!"

왕이 입을 열었다.

"네가 고집을 부린다면 내가 당부 하나 하마."

"네."

"네가 초록 도령과 붉은 도령을 봤다면 붉은 눈 찰흙은 네가 가져서는 안 된다. 자칫 붉은 눈 찰흙이 악마의 손에 들어갈 수 있다. 그러면 붉은 눈 찰흙은 위험한 물건으로 바뀌게 될 것이고 네가 사는 세상은 위험에 빠질 것이다."

왕이 엄숙하게 말했다.

나는 안방에 놓인 괴물찰흙인형들을 떠올렸다. 그동안 붉은 눈 찰흙을 마녀에게 빼앗기지 않은 게 마음이 놓였다.

"고개를 들고 나를 봐라!"

뿔 달린 황금가면을 쓴 왕은 거인이었다. 책에서 봤던 이집트 18왕조 12대 왕 투탕카멘의 가면과 닮았다. 크기와 눈의 크기나 코 그리고 황금으로 된 모양은 달랐지만, 마녀의 방에 있던 괴물과도 닮았다.

"오랜 옛날부터 내려온 이야기에 의하면 붉은 눈의 마음을 얻는 자가 되려면 정의를 위해 싸울 수 있는 자, 세상을 구할 수 있는 자가 붉은 눈의 마음을 얻을 수 있다고 했다. 그런데 네가 붉은 눈의 마음을 얻을 수 있다고 생각하느냐?"

"네?"

나는 왕의 말뜻을 몰랐다.

"어린 네가 붉은 눈 찰흙이 있다 해도 마녀를 쫓아내는 일은 아주 힘든 일이다. 너도 붉은 눈을 보았겠지만, 모래알이나 다름없다. 정의로운 자, 세상을 구하는 자만이 붉은 눈의 마음을 움직여서 모래알이나 다름없는 가루를 찰흙으로 변신시켜 뭐든지 만들 수 있는 능력이 있다고 했다. 다시 한 번 묻겠는데 네가 붉은 눈의 마음을 움직일 수가 있다고 보느냐?"

"…."

나는 "네." 라고 대답할 수 없었다. 붉은 눈 찰흙을 수차례 물을 붓고 주물러 봤지만 실패를 거듭했다. 인제 와서 붉은 눈 찰흙의 마음을 얻을 수 있을지 의문이 들었다. 왕의 말대로 나에게는 쓸모없는 모래일 수도 있었다. 성민이를 보았다. 녀석은 '나는 잘 모르니께 잘 생각혀' 라고 눈을 껌뻑였다. 눈빛이 진중한 걸 보면 알 수 있었다. 나는 엄마라면 어떤 결정을 내렸을지 생각했다.

"다시 한 번 기회를 주겠다. 붉은 눈 찰흙을 가져와라. 우리가 마녀를 없애는데 도움을 주마!"

나는 왕의 착 가라앉은 목소리를 듣고 붉은 눈 찰흙을 어떻게 해야 할지 분명해졌다. 엄마를 찾고 아빠와 함께 지난날처럼 행복하게 사는 것이다. 그래서 마녀를 우리 집에서 내쫓는 것이다. 그러기 위해서는 붉은 눈 찰흙은 엄마를 찾을 때까지 내 손에 있어야 했다.

"안돼요."

나는 고개를 저었다.

"마녀가 널 없애려고 한다면 어찌하겠느냐? 도와줄 사람이라도 있느냐?"

나는 다시 한 번 고개를 저었다.

"제가 도와줄 거예유."

성민이가 끼어들었다.

"허허허!"

왕이 크게 웃었다.

"잘 들어라. 붉은 눈 하나하나가 제각기 다른 마법의 힘을 가지고 있다. 붉은 눈 99,999개의 알갱이마다 99,999가지의 각기 다른 마법이 있고 99,999개가 뭉치면 힘이 극에 달한다고 했다. 그 어떤 것도 물리칠 수 있을 만큼 강력한 무기가 된다. 칼을 만들면 귀신도 마귀도 벨 수 있다고 한다. 그 어떤 자라 할지라도 붉은 눈 찰흙으로 만든 칼을 보기만 해도 눈이 먼다고 했다. 그래서 붉은 눈이 있는 알갱이 하나라도 잃어서는 안 된다. 그 점을 너는 깊이 명심해야 한다."

"마녀를 쫓아내면,"

나는 마녀를 내쫓으면 붉은 눈 찰흙을 가져오겠다고 약속하고 성에서 빠져나왔다.

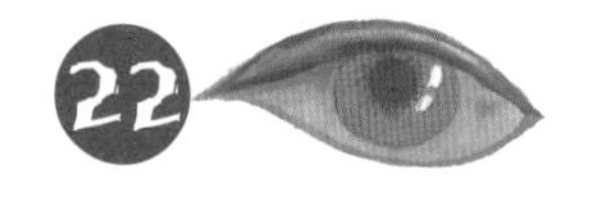

요술찰흙

궁전 밖으로 나오자, 홍홍 할머니와 찰흙세계 사람들이 몰려와 있었다.

"아까는 미안했당. 처음부터 내가 찰흙 이야기를 하지 말았어야 했당."

홍홍 할머니가 왕의 첩자들이 있는지 주위를 살피며 말했다.

"아니에요. 제가 마법찰흙에 대해 궁금한 게 많아서 물었어요."

"어찌 됐든 내가 너의 입을 다물게 했어야 했당."

"…"

"뭐라고 말했낭?…붉은 눈 말이양?"

"마녀를 쫓아낸 다음에 준다고 했어요."

나는 흥분한 목소리로 말했다.

"아주 잘했당! 붉은 눈을 주었다면 넌 궁전 밖으로 나오지 못했을 거랑."

홍홍 할머니가 자신의 일처럼 기뻐했다.

"나도 알아요."

"궁금한 게 있당. 넌 찰흙을 왜 좋아하게 됐느냥?"

"찰흙으로 내가 만들고 싶은 걸 마음대로 만들 수 있어서 좋아요!"

"그것뿐이냥?"

"음-. 만지면 촉감이 부드럽고 말랑말랑하고, 조몰락조몰락 만지고 있으면 기분이 좋아지고 무얼 만들지 상상력이 풍부해져요. 생각하지 않아도 여러 가지 좋은 생각들이 마구마구 떠올라요. 손끝에서 찌릿찌릿 전기도 오는 것 같고요. 가끔 찰흙 알갱이들이 살아 있는 것 같기도 하고 마법을 부리는 것 같다고 생각해요!"

나는 신이 나서 떠들었다.

"책을 읽어서 지식을 얻는다면 찰흙은 무한한 상상력을 주어요!"

"넌 찰흙의 마음을 아는 아주 특별한 아이구낭!"

"홍홍 할머니는요?"

"나도 찰흙을 좋아했당. 지금도 찰흙을 사랑한당. 어서 가자앙!"

갑자기 홍홍 할머니가 서둘렀다. 표정도 어두워졌다. 내가 잘못 말한 게 있는지 조금 전 말들을 되짚어 봤다.

"마법 찰흙이 있다고 생각해요?"

"있지잉! 인간이 사는 땅에는 마음 찰흙이 많당. 마음 찰흙은 원하는 데로 만들어 표현할 수 있당. 그래서 사람들은 마음 찰흙으로 마법 찰흙을 만들려고 했당. 너희 새엄마도 마법찰흙을 만드는 것 같당."

"전 새엄마를 반드시 쫓아낼 거예요."

"네 엄마는 마법찰흙을 만들지 않았냥?"

“엄마가 찰흙을 만들어준 적 있어요.”

나는 아픈 기억 하나를 떠올렸다.

다섯 살 때였다.

나는 슬라임이나 여러 가지 색깔로 된 고무찰흙을 사달라고 떼를 썼다. 그러자 엄마가 아주 멋진 찰흙을 만들어주겠다고 나를 꼬드겼다.

나는 잔뜩 기대하고 엄마가 하는 행동을 지켜봤다. 처음에는 고무찰흙보다 나은 찰흙을 만들어주는 줄 알았다. 하지만 엄마의 행동을 지켜보면서 기대했던 것이 실망으로 변해갔다.

엄마는 집에 있던 각종 광고지와 종이 또는 신문지들을 물에 담갔다가 건져서 고무통에 넣고 잘게 찢었다. 그리고 밀가루 풀과 물에 불린 종이를 섞어서 종이 찰흙을 만들었다. 종이 찰흙은 회색빛이었고 만지면 끈적끈적했다.

엄마가 옛날에는 찰흙이 없을 때 종이 찰흙으로 인형을 만들었다면서 내게 종이찰흙을 주었다. 나는 내가 원하는 찰흙이 아니라고 종이 찰흙을 방바닥에 내던졌다. 엄마는 노끈과 주워온 나뭇가지로 토끼 형태를 만들고 위에다 종이 찰흙을 덧대어 토끼를 만들어서 주었다.

하지만 나는 고무찰흙을 사달라고 막무가내로 졸랐다.

엄마는 나중에 사주겠다는 말만 되풀이했다. 그때 내가 엄마를 마음 아프게 했다는 걸 나중에야 알았다. 아빠는 코로나19로 모든 공사가 중단되어서 쉬고 있었고, 엄마는 일이 없었다. 분식집도 2명 이상 모일 수 없는 데다 사람들이 밖에 나가는 걸 꺼렸다. 그래서 김치와 된장국에다 쌀도 5kg씩 사서 먹던 가장 어려운 시기였다. 아파트 융자금을 내야 할

마감 날이 마치 저승사자가 뚜벅뚜벅 걸어오는 것과 같았다고 엄마가 나중에 고백했다.

"너희 엄마는 마법 찰흙을 모르는 구낭."

얼마쯤 걷자, 양쪽으로 길게 늘어서 있는 가게들이 보였다.

요술 종이찰흙가게

요술 거품찰흙가게

요술 솜찰흙가게

요술 녹말찰흙가게

요술 고무찰흙가게

요술 구름찰흙가게

요술 물방울찰흙가게

요술 한지찰흙가게

…

글씨들이 꿈틀꿈틀 움직이는 데다 찰흙으로 인형을 만드는 과정들이 나타났다가 사라졌다.

"이게 다 마법 찰흙 가게예요?"

"그렇당. 여기 말고도 다른 거리에도 아주 많당."

"와아!"

"찰흙마법사들이 아까 내가 갔던 지하에서 만든당. 하지만 가게에서 파는 마법찰흙은 50퍼센트 효력이 있당. 80퍼센트 이상의 효력이 있는 마법찰흙은 무기를 만들 수 있으니까 팔지 않는당."

"저한테 주는 찰흙도 저거예요?"

" 두말하면 잔소리징."

그중 '말랑말랑 요술 찰흙가게' 라고 쓰인 가게로 들어갔다.

인형처럼 생긴 여자아이가 허리를 숙여 우리를 반갑게 맞이했다. 연희처럼 얼굴이 통통하고 발그레한 데다 보조개가 있었다. 찰흙을 고르면서 자꾸 눈길이 여자아이에게 갔다.

'너 저 여자아이 좋아하는구나!'

홍홍 할머니가 짓궂게 웃었다.

'아, 아니에요!' 라고 나는 손사래를 쳤다.

'어서 골라랑.'

나는 여러 가지 찰흙 중에 무지개 색깔이 있는 찰흙을 골랐다. 성민이는 공처럼 생긴 초록색 찰흙을 골랐다.

"요술찰흙을 하나 더 가져가도 돼요?"

"찰흙세계의 규칙이당. 하나밖에 가져갈 수 없당."

"제발 하나만 더요."

나는 푸른 찰흙 하나를 들고 사정했다.

"안된당. 이제 너희들은 집에 갈 시간이양."

홍홍 할머니가 내 손에 든 찰흙을 빼앗아 제자리에 놓았다.

"빨리 가장."

우리는 가게 밖으로 나왔다.

홍홍 할머니는 마녀가 어떤 약을 만드는지, 밤이면 어떤 모습으로 변하고 누구와 만나는지, 동생이 왜 말을 하지 않는지 등을 알아오라고 했다. 그리고 마녀의 정체도 알아오면 더욱 좋다고 덧붙였다.

그때 어디선가 "살려주세요!" 라고 여자아이의 울부짖는 소리에 우리는 그 자리에 얼어붙었다. 주위를 둘러보았다. 소리는 멀리 커다란 건물에서 들려왔다.

"찰흙세계에 몰래 들어왔다가 붙들린 아이양. 모른 척하랑."

홍홍 할머니가 우리의 등을 거리로 떠밀었다.

나는 며칠 전 사라진 여자아이가 생각났다.

"지난번에 그 여자아이,"

"붙들리고 싶냥!"

홍홍 할머니가 화를 버럭 냈다.

나는 여자아이의 울부짖는 소리가 마음을 어지럽게 하고 괴롭혔다. 모른 척하는 게 목에 가시에 걸린 것처럼 마음에 걸렸다.

"한 가지 물어볼 게 있어요."

"묻지 말라고 했당!"

"찰흙에 대해서 한 가지 묻고 싶어요."

"뭐냥?"

"음 그러니까,"

나는 뜸을 들였다가 입을 열었다. 엄마를 만들면 안 되느냐고 물었다.

"그건 안 된당."

"왜요?"

"요술찰흙으로 만든 네 엄마는 찰흙이라서 일주일밖에 살 수 없당. 일주일 후에 마녀가 널 가만두겠느냥?"

"마녀를 쫓아내면 되지요?"

"일주일 후에는 네가 어떻게 될깡? 엄마를 찾지 못하면 말이양? 마녀는 네가 찰흙세계에 왔다 갔다는 걸 알고 널 가만 둘깡?"

나는 대답을 못 했다.

"넌 좋은 일이 생기면 나쁜 일도 그만큼 생긴다고 했징?"

"하지만."

"진짜 네 엄마를 잃고 싶낭?"

홍홍 할머니의 경고에, 나는 말문이 막혔다.

"엄마가 마녀를 내쫓은다면 되잖아요?"

"마녀가 마법찰흙을 사용한다면 어떻게 할꽁?"

"아직 마법찰흙을 만들지 않았는데요."

엄마가 가르쳤다. 돈을 버는 방법이 여러 가지 있듯이 어려움이 닥쳤을 때 그 어려움을 헤쳐나가는 방법도 여러 가지 있다고. 무엇보다 마법찰흙이 내 손에 있으니까 마녀쯤은 쫓아낼 방법도 생각을 쥐어짜면 있을 것 같았다.

나는 단 한 순간도 엄마를 잊은 적이 없었다. 아침에 깰 때, 학교 끝나고 현관에 들어설 때, 동생을 볼 때, 틀린 낱말 백 번 쓸 때 엄마가 제일 그리웠다. 그리고 내 동생도 아침이나 밤마다 엄마가 언제 오느냐고 가끔 내 눈치를 보며 물었다.

"이거나 받앙. 머리가 아프당!"

마녀는 내가 맡겼던 돌멩이를 주면서 그만 이야기하라고 손사래를 쳤다.

"네가 여기 왔다 갔다는 걸 새엄마가 알 거랑. 널 가만두지 않을 거랑. 받아쓰기 틀린 낱말 100번 쓰는 벌보다 더 견디기 어려운 벌을 줄지라도 울지 말랑. 용기를 내랑."

홍홍 할머니의 말을 들을 때 내가 위험한 상황에 놓여있음을 실감했다. 내가 찰흙세계에 왔다 갔다는 걸 마녀가 추궁하면 뭐라고 대답해야 할지 핑계가 떠오르지 않았다.

"제가 도와줄 거예유."

성민이가 헤헤헤 웃었다. 크게 걱정하지 말라는 자신감이 있는 웃음이었다.

"친구 하나는 잘 두었구낭! 어디로 데려다 줄깡?"

"…."

"김경운, 대답해 봐랑?"

"네?"

"두렵낭?"

"다음에 오면 도와줄 거죠?"

"난 여기서 떠날 수 없으니 언제든 오면 만날 수 있당."

홍홍 할머니의 말에, 나는 한숨을 길게 쉬었다.

"내가 도와줄게."

성민이가 눈을 껌벅이며 말했다.

"어디로 데려다줄지 물었당?"

홍홍 할머니의 질문을 듣고 이해하지 못해서 어리둥절했다.

"도령을 만났던 쌍둥이 바위 있는 곳으로 데려다줄깡? 아니면 학교 교문으롱?"

"?"

"내가 설명을 안 했구낭. 이 시계는 요술 찰흙으로 만든 시계양. 너희들이 원하는 시간에 맞추면 그 시간에 너희들이 있었던 자리로 옮겨진당. 그러면 네가 있던 곳에 있는 사람들은 흘렀던 시간이 꿈이나 환상 또는 상상으로 바뀌게 된당. 그러니까 너희들은 여기에 왔다 간 걸 걱정 안 해도 된당."

"몇 시간이 지났는데도요?"

"24시간은 가능하당."

"화장실이에요."

"성민이가 화장실에 간 시간이니까 둘째 공부 시간이 끝난 시간이면 되겠구낭."

홍홍 할머니가 찰흙으로 시계 하나를 순식간에 만들었다. 그리고 화장실에 갔던 시간을 맞추고 주문을 외웠다.

우린 호기심 가득한 눈으로 홍홍 할머니를 바라봤다.

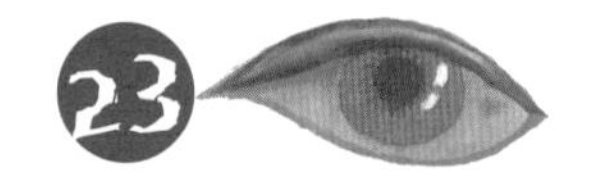

첫 번째 요술

나는 화장실 앞에서 코를 쥔 채 서 있었다. 공부 시작하는 벨이 울렸다.

"나 방금 너하고,"

화장실 안에 있던 성민이가 말했다.

"야! 빨리 나와! 시작 벨이 울렸단 말이야!"

나는 성민이가 입도 뻥긋 못하게 화를 냈다. 그리고 방금 있었던 일은 비밀이라고 성민이에게 두 차례나 확인시키고 대답을 받아냈다.

교실에 들어서자, 아이들이 나를 찾느라 두 시간 동안 발칵 뒤집혔다는 이야기를 입을 맞춘 듯이 했다.

나는 성민이에게 화장실에 있었던 일을 직접 말하라고 시켰다.

거짓말을 못하는 성민이가 아침에 우유와 식빵을 먹고 배탈이 난 이야기를 했다. 모두 반신반의하면서 고개를 갸우뚱거렸다. 단 한 명도 성민이의 말을 믿으려 하지 않았다. 나도 화장실에 있었다고 거들었다.

"우리가 너희 둘을 찾으려고 도깨비 길까지 갔단 말이야!"

뻥철이가 내 말을 못 믿겠다는 표정으로 내게 말했다.

선생님은 과학적으로 설명할 수 없지만, 모두가 일시적인 착시와 착각이 동시에 일어난 현상이라고 말했다.

처음으로 미운 선생님이 존경하는 마음이 들었다.

집에 오는 길이었다.

"내가 도깨비 길에 간 걸 어떻게 알고 왔어?"

"지킴이 할아버지가 가르쳐주었어."

"할아버지가?"

"도깨비 길을 믿는 아이들만 도깨비 길이 보인데. 그래서 난 도깨비를 믿는다고 했어."

"할아버지는 왜 안 따라 왔어?"

"어른들은 믿음이 부족하니까 도깨비 길이 보이지 않아서 길을 잃을 수 있대."

"그런데 넌 왜 날 끌고 가지 않았어?"

나는 성민이가 선생님에게 나를 데려가지 않은 이유가 궁금했다.

"헤헤헤!"

"왜 선생님한테 날 끌고 가지 않았느냐고?"

"비밀이여."

"비밀?"

"나중에 말해줄겨."

성민이가 의뭉스러운 표정을 지으며 헤헤헤 웃었다. 나는 성민이가 도깨비 길에 대한 이야기를 어디까지 알고 있는지 궁금했으나 더는 묻지 않았다. 성민이와 비밀을 갖는 것은 좋은 점이 많았다.

우리는 아파트 입구에 도착했다. 성민이가 임무를 마쳤다는 듯이 헤헤헤 웃으면서 집으로 돌아갔다.

나는 승강기에 타자마자 돌멩이를 꺼냈다.

'고마워!'

'도령을 둘이나 봤으니 많이 당황했겠구나.'

용이 물었다.

'좀.'

'찰흙세계에 다녀온 기분이 어때?'

'마녀를 쫓아내려고 마법찰흙 하나 얻어왔어.'

'마녀를 내쫓는 건 쉽지만은 않았을 텐데…?'

그때 승강기가 멈췄다.

'행운을 빌어!'

여우가 눈을 찡긋했다.

'고마워!'

승강기 문이 열렸다.

요술찰흙을 꺼냈다.

엄마를 만들어서 마녀를 쫓아낼 것인가. 홍홍 할머니의 말대로 마녀를 만들어서 마녀의 비밀을 밝혀낼 것인가. 마법찰흙의 기회는 단 한 번뿐이었다. 두 도령을 보았으니 기쁨도 크면 불행도 그만큼 크다고 했다.

나는 마법찰흙으로 긴 생머리, 흰 피부, 손등까지 덮은 셔츠와 발 등까지 닿는 파란 치마를 입은 마녀를 만들었다. 이제 생각해 보니 마녀가 단 한 번도 옷을 갈아입지 않았다는 사실을 알았다.

마녀인형의 심장이 있는 가슴께를 살살 문질렀다. 손가락 끝이 떨렸다. 지금이라도 멈추면 마녀찰흙은 아무 일도 일어나지 않는다. 그러면 마녀가 바라는 3년이 되면 아빠와 결혼하여 살게 되고 엄마와는 이혼하게 된다. 그럼 우리는 마녀와 함께 죽을 때까지 살아야 한다. 이런 일이 일어나서는 안 된다.

문지르는 것을 잠시 망설였지만 멈추지 않았다.

마녀인형의 가슴께에서 따스한 체온을 느꼈다. 그리고 소원을 빌면서 문을 똑똑똑 세 번 두드렸다.

과연 내 소원대로 이뤄질까. 아니면 오늘 아침에 있었던 이상한 일을 연희한테 듣고 혼내지는 않을까. 심장이 쿵쾅쿵쾅 뛰었다.

"우리 왕자님, 어서 와용!"

현관문이 열리고 마녀가 코맹맹이 소리로 반겼다. 하지만 마녀의 표정은 당황스러운 눈빛과 자꾸 뒤틀리는 입술을 보았다. 마녀의 겉모습은 내가 바라는 대로 행동하지만, 생각은 달랐다. 표정은 '너 내게 무슨 짓을 하는 거야!' 라고 심한 꾸중을 하였다. 마법찰흙의 힘은 절반 밖에 안 된다고 했으니 당연했다.

나는 '흔들리지 말고 침착해야 해.' 라고 마음을 다잡았다. 마녀의 비밀을 밝히는 동안 마녀의 보복 따위는 걱정하지 말자고 다짐했다.

"엄마 왜 그래?"

유나가 마녀의 갑작스럽게 변한 행동이 혼란스러운지 마녀의 팔을 흔들며 울먹였다.

"아이스크림 백 개 사줘요."

나의 목소리와 손끝이 떨렸다. 마녀도 내 눈을 통해 불안한 마음을 읽었는지 한순간 눈빛이 빛났다. 마법찰흙을 어디서 구했느냐고 묻는 눈빛이었다.

"알았어용. 아이스크림 백 개 사줄게용."

"경희, 넌 뭘 먹고 싶어?"

내가 묻자, 경희는 혼자 남았을 때 마녀한테 혼날까 봐서인지 대답하지 않았다.

나는 내 방으로 당당하게 들어왔다. 동생 앞에서 당당한 모습을 보일 수 있으니까 콧노래가 절로 나왔다.

"오빠!"

하루아침에 달라진 마녀를 목격한 경희가 불안한 표정이었다.

"걱정하지 마."

나는 동생의 손을 잡고 흔들며 안심시켰다. 그리고 책가방을 책상 위에 "쾅!" 소리가 나게 내려놓았다. 식탁 위에 있는 쿠키도 가져다가 동생과 함께 와작와작 소리 내어 먹었다. 일부러 마녀와 유나 들으라고 "와! 맛있어!"라고 소리를 지르기도 했다. 그동안 마녀에 대한 나쁜 감정이나 억울함이 쌓인 게 풀렸다. 마녀가 틀린 낱말 백 번을 다 썼나, 방은 깨끗이 치웠나, 책상 위에는 잘 정리가 됐나, 옷은 갈아입었나, 양말도 벗어서 똑바로 내놓았나, 내 방을 들여다볼 때마다 전전긍긍하던 긴장이 풀리고 마음은 풍선처럼 가벼워졌다. 걱정거리가 사라지자 마음이 붕 떴다.

조금 있자, 아파트 입구 슈퍼 아줌마가 “무슨 생일 파티라도 있는 겨!” 하고 웃으며 아이스크림 상자를 놓고 갔다.

우리는 아이스크림을 와작와작 씹어 먹기도 하고 빨아먹기도 하면서 열세 개나 먹었다. 유나는 이가 썩는다며 먹지 않았다. 내가 “여우도 이가 썩나!” 하고 소리쳤더니 유나가 무서운 눈으로 나를 흘겼다.

그날 밤 동생과 나는 화장실에 수십 번 드나들었다.

밤 1시가 되어서야 아프던 배가 나았다.

‘방, 방안에, 방안에 마, 마법의 기가, 가득 있어. 어제까지, 없었는데….’

독수리의 말에, 여우도 느낀다고 눈을 깜박였다.

‘방에, 방에 마녀가, 왔다, 왔다 갔을 거야.’

겨우 말을 마친 독수리가 눈을 감았다.

나는 동생에게 마녀가 왔다 갔는지 물었다. 동생이 낮에 두 번이나 마녀가 다녀갔다고 고개를 끄덕였다. 와서 뭘 찾는지 장롱도 열어보고 책상 서랍도 열어봤다고 말했다.

나는 마녀가 내 방에 들른 일이 궁금했지만 곧 잊어버렸다.

다음날, 나는 연희에게 배탈 났다는 이야기만 빼고 어제 일을 빠짐없이 말했다. 그동안 내세울 게 없었던 서러움이 말끔히 가셨다.

연희가 오늘은 성민이 대신 자신이 직접 데려다주겠다고 선생님에게 허락을 받았다. 마녀가 아이스크림 백 개를 사줬는지 확인하기 위해서였다.

나는 앞장서서 거들먹거리며 걸었다.

현관 앞에 도착하자, 연희가 문 뒤에 숨겠다고 말했다. 이유는 마녀가

연희를 보면 화를 내지 않을 수도 있다는 이유였다.

초인종을 눌렀다. 주머니에 있는 마녀의 가슴께를 살살 문지르면서 주문도 잊지 않았다.

"우리 왕자님, 어서 와용. 힘들었지용!"

마녀가 환하게 웃으며 반겼다. 하지만 '내가 날 이용하는 걸 가만둘 것 같아. 두고 봐!' 라고 벼르는 눈빛이 자세히 들여다보면 알 수 있었다.

나는 자신감이 충만했다. 그래서 마녀의 눈과 마주쳤을 때 씩 웃었다.

"아이스크림 세 개."

"걱정 말아용. 냉동실에 여든일곱 개가 있어용. 손도 대지 않았어용!"

마녀가 유나를 불러 내가 좋아하는 아이스크림 세 개를 가져오게 했다.

"나 오늘 받아쓰기 20점."

"왕자님, 괜찮아용. 시험을 못 볼 때도 있지용. 첫째 마음이 중요하지용!"

"이제 틀린 거 낱말 백 번 쓰라고 하지 않을 거지요?"

"숙제 내준 거 열 번만 쓰면 돼용."

마녀는 내가 주문한 대로 따라 했다.

연희가 도저히 믿기지 않는다는 표정으로 문 뒤에서 나왔다.

"어때, 내 말 맞지?"

내 말에, 연희의 표정이 울 것 같았다.

"어멍! 연희 공주에용. 문 뒤에 있는 줄 몰랐어용. 어서 들어와용!"

마녀는 연희가 들어오라고 길을 비켜주었다. 나를 맞이할 때와 다른 밝은 표정이었다.

"엄마가 기다려요. 집에 빨리 가봐야 해요."

연희가 고개를 살짝 숙이고는 위층으로 후다닥 달아났다. 1초만 마녀와 눈이 마주쳤다면 방금 보여주었던 마녀의 행동이 잘못되었다는 것을 알아챘을 것이다. 연희는 그 1초를 버텼다가 눈물이 나올 것 같아서 도망쳤다. 문 뒤에 숨었을 때까지만 해도 내 말이 거짓말이라고 믿지 않았다.

고소해야 하는데, 홀가분해야 하는데 내 마음의 한구석은 편치 않았다. 이번 일로 연희의 자존심을 무너뜨렸다.

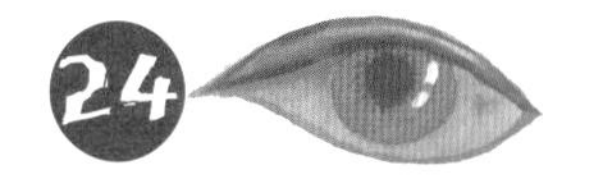

마녀의 첫 번째 비밀

이틀이나 지났는데 마녀는 방에서 나오지 않았다.

"일주일 동안 마법찰흙으로 마녀의 비밀을 알아내야 해. 그렇지 않으면 마녀가 너에게 지금보다 열 배, 스무 배 괴롭힐 거양. 그건 네가 초록 도령과 붉은 도령을 한꺼번에 봐서 그랭."

홍홍 할머니의 말이 종일 머릿속에서 뱅뱅 도니까 머리가 아팠다. 눈을 감고 누워 있으면 마녀의 저주로 구렁이가 된 내 모습이 자꾸 떠올랐다.

"솔직히 말해 봐. 마녀한테서 무얼 봤지?"

다음날 나는 학교에서 돌아오자마자 경희에게 다그쳤다.

경희가 고개를 세차게 흔들었다.

"마녀의 비밀만 알면 내쫓을 거야. 그리고 엄마를 데려올 거야."

경희가 또 한 번 고개를 저었다.

"너 엄마 보고 싶다고 했잖아?"

"…."

"싫어?"

동생이 눈물을 흘리며 고개를 완강하게 저었다. 엄마를 데려온다고 해도 동생은 입을 열지 않았다. 마녀가 엄마는 오지 않을 거라고 한 게 틀림없었다.

나는 동생이 내 말을 믿지 않아서 답답하고 화가 났다.

학교에서 돌아올 때마다, 경희는 마치 귀신이라도 본 것처럼 두려운 표정이었다. 내가 학교에 있는 동안 화장실에 가지 않는 이유도 여기에 있다고 믿었다. 동생도 마녀의 비밀을 말하면 저주를 내린다고 믿었다. 그래서 입을 열지 않을 거라는 생각을 했다.

"괜찮아. 이제부터 마녀는 내 말을 잘 들을 거야. 너도 봤잖아. 우리가 먹고 싶은 아이스크림도 사주고, 틀린 낱말 백 번 쓰라고 하지도 않고, 쿠키 과자도 먹어도 내버려 두고, 그리고 우리를 혼내지도 않고…."

경희가 두 손을 싹싹 비비며 고개를 완강하게 저었다. 눈물이 볼을 타고 흘렀다.

"좋아. 네가 말하지 않으면 내가 알아낼 거야."

나는 차갑게 말했다.

그때 문을 바라보는 경희의 표정이 겁에 질려 있었다.

마녀와 유나가 화난 얼굴로 방문 앞에 떡 버티고 있었다.

나는 재빨리 주머니에 손을 넣어서 찰흙인형의 가슴께를 문질렀다. 찰흙을 문지르지 않으면 원래 모습으로 돌아온다는 걸 깜빡 잊었다.

"뭐줄깡?"

순식간에 마녀의 얼굴이 딴 사람으로 바뀌었다.

"병에 있는 약은 뭐예요?"

나는 안방에 있는 약병들이 궁금해서 물었다.

갑자기 마녀의 호흡이 헐떡거리고 당황하였다.

유나가 마녀를 안방으로 끌고 갔다.

"어디에다 쓰는 약이예요? 뭐하는 약이에요? 그걸 먹으면 진짜 구렁이가 되는 마법약이예요?"

"어버법, 어법!"

마녀가 주문처럼 이상한 말을 했다.

"오빠, 왜 그래! 우리 엄마한테 왜 그러는 거야!"

"말해. 그렇지 않으면 너도 괴롭힐 거야!"

"가! 가라고!"

유나가 날 밀치는 힘이 엄청 셌다. 나는 버티지 못하고 뒷걸음질 쳤다. 유나가 그 틈을 타 안방에 들어가 문을 잠갔다.

수차례 주먹으로 문을 두드렸지만, 아무도 대꾸하지 않았다.

다음날도 마녀와 유나는 내가 학교에 갔을 때 밖에 나왔다가 내가 오면 방에 들어가서 나오지 않았다.

찰흙을 가져온 지 일주일째 되는 날이었다.

오늘 밤을 지나면 마법찰흙은 흙에 불과했다. 눈물이 주르르 흘렀다.

홍홍 할머니의 염려가 현실이 됐다. 경희는 당장 내일이 두려워서 말을 하지 않았다. 당연하다고 생각했다. 내가 학교에 가면 종일 마녀와 함께 집에 있으니 두려움이 클 수밖에 없었다.

이제 마녀의 보복만이 남았다. 내가 일주일 동안 누렸던 행복이 끔찍한 불행이 될 거라는 생각이 날 두렵게 했다. 마법찰흙으로 엄마를 만들었다면 하고 후회했다. 연희가 오던 날, '내가 날 이용하는 걸 가만둘 것 같아. 두고 봐!' 라고 벼르던 마녀의 눈빛은 지금도 기억에 남아있다.

학교에 가는 발길도 헛디디는 것 같았고, 성민이가 걱정해주는 말도 들리지 않았고, 공부한 내용도 머릿속에 들어올 틈이 없었다.

집에 와서도 마녀에게 더는 물어볼 용기가 나지 않았고, 축 처진 몸과 마음으로 방바닥에 누웠다. 동생이 쿠키를 가져왔지만, 아침에 먹은 게 소화가 안 돼서 속이 더부룩했다.

"우리 집을 나갈까?"

내 말에, 동생이 고개를 저었다.

"마녀가 오늘 밤에 나를 가만두지 않을 거야. 너도 봤잖아. 이 인형은 오늘 밤 열두 시까지 밖에 쓸 수가 없어."

나는 마녀를 흉내 낸 찰흙인형을 동생에게 보여주며 사정하는 목소리로 말했다. 마지막 동생을 설득해 보았지만 소용없었다. 찰흙인형이 딱딱하게 굳어갔다.

"어쩌면 마녀가 날 죽일지도 몰라!"

나는 동생이 들으라고 웅얼거렸다.

잔뜩 겁에 질린 동생의 눈에서 눈물이 뚝뚝 떨어졌다.

일곱 살과 네 살짜리 우리를 두고 집을 나간 엄마가 원망스러웠다. 3년 동안 단 한 번도 우리를 보러 오지 않은 데다 연락도 없었다는 건 엄마가 우리를 보고 싶지 않다는 뜻이었다. 어쩌면 마녀 말대로 엄마가 우리를 버리고 달아났는지 모른다. 우리를 돌봐준다는 핑계로 마녀를 데려온 아빠도 미웠다. 내가 좋아하는 연희도 연희 엄마도 아빠가 술만 먹고 폐인이 되다시피 했는데 새엄마가 와서 아빠가 변했다고, 우리를 돌봐주니까 마음이 놓인다고 말했다. 나를 걱정해주는 사람은 성민이 뿐이었다. 이제 마녀가 내 몸에 남은 기마저 빼앗거나 구렁이가 될지 모른다.

"오빠."

졸다가 깜빡 잠이 들었는데 동생이 부르는 소리가 귀를 간질였다.

동생은 울고 있었다. 베개가 젖은 걸 보니 자지 않고 울었다는 걸 알았다.

나는 동생을 품에 안고 등을 톡톡 두드렸다. 조금 전 내가 겁을 준 게 미안했다.

시계를 보니 아직 12시가 되지 않았다.

"걱정하지 마. 마녀가 괴롭혀도 내가 너를 지켜줄 거야. 그리고 엄마도 꼭 찾을 거야."

나는 동생을 안심시켰다.

동생은 여전히 어깨를 들썩이며 소리 죽여 울었다.

"걱정하지 말라니까! 내가 다음에 반드시 마녀의 비밀을 알아내어서 쫓아낼 거야."

"오빠…."

"괜찮아."

"오빠, 마녀와 유나 몸에,"

내 품으로 파고든 경희의 몸이 심하게 떨었다.

"…몸에 물고기처럼 비늘도 있고, 털도 있고, 불에 덴 상처도 있었어. 구렁이처럼 꼬리도 있고."

경희가 화장실에 갔다가 열린 문 사이로 목욕하는 유나와 마녀를 두 번이나 봤다고 말했다. 마녀는 구렁이라고 말했다.

나는 몸을 부르르 떨었다. 문 밖에 나갔다가 무서운 마녀와 눈이 마주칠 걸 생각하니 겁이 덜컥 났다.

"홍홍 할머니가 마녀의 비밀을 알면 도와준다고 했으니까 걱정하지 마."

나는 동생을 안심시키려고 달랬다. 내일 아침에 학교에 간다는 핑계 대고 홍홍 할머니를 만나러 가면 되었다.

"말하면, 말하면 저주가."

"그딴 저주 없어. 마녀가 너 말하지 말라고 겁주는 거야. 아빠도 말했잖아."

나는 동생을 안심시키려고 힘껏 안아서 등을 톡톡 두드렸다.

그때 경희의 등에서 도톨도톨한 것이 손끝에서 느꼈다. 깜짝 놀라서 품에 안았던 동생을 밀쳤다.

동생의 팔뚝과 다리에 둥근 무늬가 생기면서 괴로운 신음과 함께 몸이 서서히 뒤틀리기 시작했다.

"오빠!"

동생이 구렁이로 변하기 전 마지막 목소리였다.

"미안! 미안해!"

나는 예상하지 못한 일이라 말을 잃었다. 마녀의 비밀을 알면 모든 게 이뤄지리라 생각했었다. 그런데 동생이 구렁이로 변했다. 초록 도령과 붉은 도령을 봤으니 좋은 일과 불행한 일이 한꺼번에 일어났다. 붉은 도령의 말이 옳았다. 좋은 일과 불행한 일이 균등 저울에 달아서 저울의 신이 내린다고 했다.

시계를 보니, 초침이 열두 시가 되려면 35초 남았다.

이제 마법찰흙도 단단한 찰흙 덩어리였다.

"내가 널 구해줄 거야!"

나는 주머니에 있는 돌멩이를 꺼냈다. 아무리 불러도 돌멩이들은 눈을 뜨지 않았다.

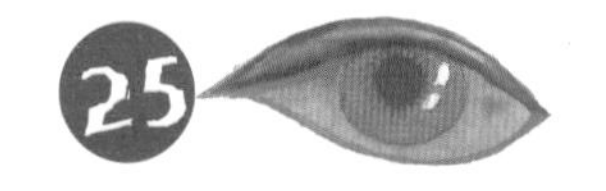

구렁이가 된 동생

구렁이가 내 동생이어도 무서워서 가까이 갈 수가 없었다.

쉭쉭!

구렁이가 혀를 빠르게 날름거렸다. 뭐라고 말하는지 몰라서 답답했다.

"난 너를 사람으로 만들어 줄 거야. 그러니까, 그러니까 나를 믿어. 알았지?"

동생 구렁이의 슬픈 눈빛과 날름거리는 혀가 마녀의 저주를 풀지 못할 거라고 말하는 것 같았다.

"나를 믿으라니까!"

나는 동생의 저주를 풀어주겠다고 말했다. 내일이라도 당장 홍홍 할머니를 만날 것이다.

구렁이가 머리를 흔들더니 책상 밑으로 들어가 몸을 둥글게 말았다.

책상 아래에 아무렇게나 놓아둔 곰 인형이 이상했다. 배에 거미줄처럼 금이 갔다.

내가 곰 인형을 집으려는데, 구렁이가 내 손을 물려고 위협했다.

“왜 그러는 거야?”

나는 화를 냈다.

구렁이가 혀를 더 빠르게 날름거리며 위협했다. 다급한 일이 생긴 것 같았다.

우당탕탕! 쨍그랑!

그때 장이 넘어지는 소리, 유리병들이 깨지는 소리가 요란하게 들렸다. 시계를 보니 12시가 막 지났다.

마녀인형의 가슴께를 아무리 문질러도 차갑고 딱딱하기만 했다.

이번에는 전화벨이 울리는 소리가 났다. 연희네 집에서, 아니면 아랫집이나 이웃집에서 조용히 하라고 온 전화 같았다. 이어서 현관 밖에서 고함소리와 문을 발로 차거나 주먹으로 쾅쾅 두드리는 소리가 들렸다.

내 방으로 다가오는 발소리가 쿵쿵 들렸다.

나는 이불 속으로 몸을 숨겼다.

쾅!

문이 벽에 부딪히는 소리와 마녀의 거친 숨소리가 들렸다.

마녀가 이불을 당기자, 두 손으로 붙잡았던 이불이 맥없이 빠져나갔다.

"흥! 꼴좋다!"

마녀의 매서운 눈과 뱀처럼 갈라진 혀 그리고 목이 쉰 소리가 그르렁거렸다. 꿈에서 봤을 때 푸른 눈자위에 붉은 눈이었다.

"자,잘, 잘못했어요! 잘못했어요!"

나는 마녀가 저주를 내릴까 봐 두 손으로 싹싹 빌었다.

"내가 말하지 말라고 매일 수십 번도 넘게 경고, 또 경고했는데…!"

마녀가 구렁이의 목을 손으로 움켜쥐고 소리쳤다.

"오늘 밤만 비밀을 지켜달라고 사정했지. 쿠키도 매일 구워주고 했는데… 10분을 못 참고 오빠한테 말해! 바보야. 난 너에게 저주를 내리지 않으려고 참았는데, 내 딸처럼 여겼는데…!"

마녀의 눈에는 눈물이 괴었다. 분하고 억울한 표정이었다.

구렁이가 된 동생이 혀를 날름거렸다.

"살려달라고?"

마녀는 구렁이의 말을 들었다.

"내가 말했잖아! 한번 구렁이가 되면 평생 구렁이로 살아야 한다고. 펴~영생…."

"안 돼요! 제 동생을 살려주세요! 제가 이렇게 빌게요!"

나는 무릎을 꿇고 동생의 저주를 풀어달라고 울며 애원했다.

"밖에 나와 봐라. 이제 네 동생을 구해 줄 약도 만들지 못하게 됐다."

거실 바닥에는 여러 가지 색깔의 액체와 깨진 실험기구들이 어지럽게 뒤섞여 있었다. 붉은 도령의 말을 듣지 않은 후회가 밀려왔다.

"이제 너희들이 아무리 잘못했다고 백 번 천 번 빌어도 소용없단다. 너 때문에 유리관에 담겼던 약병들을 다 깨뜨려서 다시 담을 수는 없잖아. 그러니 이번 일은 너희들 때문에 망쳐버렸어. 날 원망하지도 마라!"

마녀가 화를 삭이지 못하고 소리쳤다.

나는 마녀의 중요한 일이 뭔지 모르지만 크게 잘못되었다는 것을 알았다. 그중 하나가 내 동생이 다시 사람이 될 수 없다는 사실이었다.

엄마가 들려준 옛날이야기가 떠올랐다.

아주 먼 옛날 백 살 된 여우가 사람이 되려고 여자로 변신하여 남자와 결혼했다는 이야기다. 신부는 밤마다 어디론가 사라졌다가 새벽녘에야 집에 돌아왔다. 신랑은 신부가 밤마다 밖에 나가는 게 궁금했다. 100일이 되는 하루 전날 밤 신랑은 참지 못하고 신부 뒤를 밟았다. 신부가 꼬리 아홉 달린 여우로 둔갑하여 가까운 이웃 마을에 가서 닭을 잡아먹는 걸 보았다.

그날 밤 신부는 "하루만 참았다면 사람이 되었을 텐데!" 하고 남자를 원망하고 어디론가 사라졌다는 이야기였다.

나는 두렵고 무서웠다.

마녀는 내가 초록 도령과 붉은 도령을 만난 것도 그리고 홍홍 할머니를 만나 요술 찰흙을 가져온 것도, 일주일 동안 마법찰흙으로 자신을 괴롭힌 것도 알고 있었다. 이제 나는 동생 구렁이와 함께 살아야 한다는 생각이 들자 눈앞이 캄캄했다.

"이제부터 내 허락 없이는 넌 이 집에서 한 발자국도 나가지 못한다."

"하, 하, 학교는, 꺼억."

"학교는 네가 아파서 당분간 가지 못할 거라고 선생님께 말씀드릴 거다. 이유는 네가 잘 알겠지?"

마녀는 찰흙 덩어리 하나를 현관 앞에 놓고 요술을 부렸다. 이제 현관 앞에는 커다란 바위가 가로막고 있었다. 거인이라도 문을 열 수가 없다.

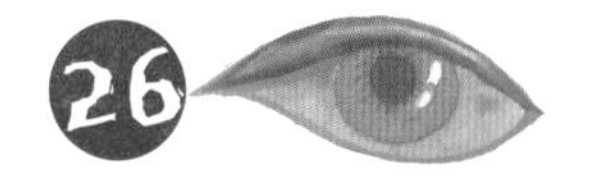

마녀의 흉측한 모습

마녀는 옷도 거추장스럽다며 한 번도 벗은 적이 없는 주황색 셔츠와 속옷까지 벗어 던졌다.

허리에 둘둘 말린 커다란 구렁이의 꼬리가 드러났다. 그리고 팔과 다리, 몸에는 붉게 붓거나 데인 자리, 푸르게 멍든 자리, 까만 털이나 흰 털이 둥글게 난 자리, 커다란 혹, 움푹 들어간 자리, 비늘이 나거나 빠진 흉한 자리, 검게 탄 자리를 보여주었다.

마녀가 만든 약을 안방으로 가지고 들어가서 비명을 지르거나 화를 내거나 투덜거린 이유를 알 것 같았다. 그리고 마녀의 모습을 본 동생이 사실대로 말하지 않았던 이유도 짐작할 수 있었다.

"어떠냐! 내 모습을 보니까?"

"자, 잘못했어요!"

"이 흉터가 어떻게 해서 생긴 것 같으냐?"

마녀의 묻는 말에, 나는 엉엉 울기만 했다.

"내가 사람이 되고 싶어서 만든 약을 실험하다 생긴 흉터야. 그런데

네가 망쳐버렸어!"

마녀는 여전히 분함을 참느라 숨을 크게 들이쉬었다가 내쉬었다.

홍홍 할머니의 말이 옳았다. 마녀는 약물을 이용해서 사람으로 변신하려고 했다. 나는 왜 우리 집에서 실험하느냐고 따질 수가 없었다. 마녀가 3년 동안 연구하여 만든 약을 모두 망쳐버렸으니까.

"난 너한테 엄마처럼 부족함 없이 해주려고 노력했는데…. 네가 요술 찰흙으로 나를 조종할 때도 잠이 든 네 주머니에서 요술 찰흙을 얼마든지 빼앗을 수 있었는데…, 그깟 틀린 낱말 백 번 쓴다고…."

붉은 도령의 말대로 잃어버린 지우개나 찾을 걸 하고 뒤늦게 후회했다.

이럴 때 핸드폰이 있다면 얼마나 좋을까. 112신고도 할 수 있다. 안방에 있는 전화는 마녀가 지키니까 사용할 수가 없다.

"필요한 물건만 여기에다 담고 필요 없는 물건은 두고 가. 다 버릴 거니까."

다음 날 아침, 마녀가 녹색 상자 다섯 개를 내 방에다 던졌다. 그리고 내일 시골로 이사 갈 거라고 말했다. 눈을 가늘게 뜨고 목소리도 차가운 걸 보니 마녀는 아직도 화가 많이 나 있었다. 내가 이사 가지 않을 거라고 애원해도 소용없을 것 같았다.

시골로 이사 가면 아빠와 엄마를 만날 수 없다. 홍홍 할머니에게 도움도 청할 수가 없다. 무엇보다 동생이 평생 구렁이로 살아야 하고 엄마를 찾을 수 없다는 게 두려웠다. 눈물이 쏟아졌다.

"전 이사 안 가요!"

"네가 아무리 발버둥을 쳐도 소용없어."

"안 갈 거예요!"

"홍홍 할머니 만나고 싶은 게 아니고?"

마녀의 말에, 나는 말문이 막혔다.

"네 아빠도 네 엄마처럼 널 버렸어. 알아?"

"아니에요. 아빠는 올 거예요! 공사 때문에 바빠서 안 오는 것뿐이에요!"

마녀의 말이 맞을지 모른다. 하지만 난 아빠가 돌아올 거라고 우겼다. 홍홍 할머니 말이 옳았다. 마녀는 인간의 기를 마셔야 하기 때문에 나 없이는 살지 못한다고 했다. 생각이 여기에 이르자 절망적이었다.

그날 밤 내가 할 수 있는 게 단 한 가지였다.

'나 이사 가. 어디지 모라 시고리야 기픈 시고리야' 라고 붉은색 크레파스로 벽에다 큼직하게 썼다. 현관 옆에 쓰고 싶었지만, 마녀가 혼낼 것 같아서 포기했다. 아침에 또 한 번 절망감을 느꼈다. 이사 가고 문이 잠기면 애써 쓴 글이 소용없었다.

"미안해!"

나는 구렁이에게 말했다. 나 때문에 구렁이가 된 데다 배고플 텐데도 밥 달라고 하지 않아서 미안했다. 나는 한 끼만 굶어도 참지 못하는데.

다음 날 아침 성민이가 나를 데리러 왔다.

나는 자리에서 벌떡 일어났다.

"기다리렴."

마녀의 목소리를 듣는 순간, 갑자기 몸에서 열이 펄펄 났다. 이마에도 땀이 뻘뻘 나고, 몸은 으슬으슬 춥고, 몸살감기처럼 기운이 하나도 없고, 손가락 하나 움직일 수가 없었다. 그 자리에 쓰러졌다. 마녀가 마법을 부려서 내 몸 위로 이불이 스르륵 덮였다. 내가 요술 찰흙으로 마녀를 움직였던 것처럼 마녀도 그랬다. 억울해서 소리를 질렀는데 "으으으!" 라고 앓는 소리만 냈다.

"들어오렴."

마녀가 현관문을 열고 성민이를 반기는 소리가 들렸다. 그리고 내 방 문을 열고 성민이에게 내가 아프다고 말했다.

"음! 아줌마도 경운이한테 감기 옮아서 목소리가 잠겼단다."

마녀가 그르렁거리는 목소리를 감추기 위해서 거짓말했다. 성민이가 처음에는 마녀의 말을 잘 알아듣지 못하다가 내가 누워 있는 걸 보고 알겠다는 듯이 헤헤헤 웃었다.

나는 마녀가 뱀의 혀를 감추려고 마스크를 썼다고 소리쳤다. 하지만 내 입에서는 끙끙 앓는 소리만 났다.

"경운이가 독감이 심하게 걸렸는지 열이 펄펄 끓고 땀을 많이 흘린단다. 잘 보렴. 지금도 아파서 끙끙 앓고 있잖아."

이번에는 성민이가 알았다고 고개를 끄덕였다.

"이 편지를 선생님께 전해주렴. 경운이가 독감에 걸렸다고 말씀드려. 그리고 내가 독감이 걸려서 찾아뵐 수 없어 죄송하다고 전해줘."

마녀가 성민이에게 편지를 주면서 독감은 옮긴다며 내 방 가까이 다가가지 못하게 했다.

"알았어유."

성민이는 마녀의 연기에 감쪽같이 속았다. 그리고 나를 보고 반갑다고 헤헤헤 웃었다.

나는 편지를 받지 말라고 끙끙대며 몸까지 버둥거려 봤다. 하지만 성민이가 본 것은 내가 심하게 끙끙대는 모습이었다. 나는 억울하고 분하여 눈물이 났다.

"경운이가 다 나으면 내가 학교에다 연락할 테니까 우리 집에 당분간 오지 않아도 돼."

"알았어유."

성민이는 대답하고 내게 손을 흔들며 사라졌다. 내가 벽에다 이사 간다고 쓴 글씨를 보고도 헤헤헤 웃기만 했다. 녀석이 이름 석 자 외에 글은 모른다. 마녀만 내 글씨를 보고 가소롭다는 듯이 콧방귀를 뀌었다.

나는 깊은 절망에 빠졌다. 마녀가 시골로 이사가면 나를 컴컴하고 춥고 쥐나 바퀴벌레가 나오는 방에 가둬버릴 거라는 생각이 들었다.

"네가 아무리 버둥거려 봐야 소용없단다."

마녀가 마스크를 벗자 혀가 날름거렸다. 내가 성민이한테 마녀가 거짓말한다고 소리 지른 행동이나 벽에 쓴 글씨를 읽고 내 생각을 읽었다.

"이제 일어나라."

마녀의 말 한마디에 내 몸은 언제 아팠느냐는 듯이 전과 똑같았다.

마녀가 주문을 외웠다.

그러자 책장과 책상 위에 있던 책들이 이삿짐 상자에 차곡차곡 담겼다. 내가 만든 찰흙 인형도 담겼다. 마지막에는 옷장에 옷과 이불까지도,

"어디로 이사 가요?"

나는 용기 내어 물었다가, “벽에다 쓰려고?” 라는 마녀의 핀잔만 들었다. 나는 엄마가 와도 만날 수 없고, 동생이 구렁이로 살아야 한다고 생각하자 눈물이 펑펑 쏟아졌다. 잠을 이룰 수가 없었다. 자꾸 엄마가 아무도 없는 집에 “경운아! 문 열어라. 엄마 왔다!” 라고 부르는 소리가 들린 것 같았다.

다음 날 아침 이삿짐 차가 왔다.

“어?”

현관문을 열자, 초록색 찰흙인형 하나가 눈에 들어왔다. 만져 보니 막 만든 것처럼 말랑말랑했다. 팔과 다리의 크기가 짝짝이고 머리와 몸도 균형이 잘 맞지 않았다. 누가 만들었는지 단박에 알 수 있었다.

‘내가 어제 아픈 게 가짜라는 걸 알았을까?’

나는 궁금했다. 성민이는 1학년 애가 벗어 던진 신발도 주워오라면 주워오는 착한 바보였다. 그런 성민이가 마녀가 오지 말라고 했는데 우리 집 현관 앞에 인형을 놓고 갔다.

나는 재빨리 찰흙인형을 주머니에 숨겼다. 마녀는 거실에서 이삿짐을 나르는 아저씨와 이야기를 나누고 있었다.

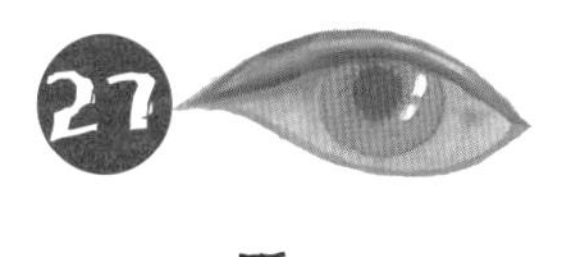

마귀들

나는 마녀가 깨워서 눈을 떴다.

오래된 기와집 대문 앞에 이삿짐 트럭이 멈추어 있었다.

이삿짐 트럭에 오르자마자 머리가 멍해지고 눈꺼풀이 무거워서 눈이 감겼던 기억 밖에 없다. 받아쓰기 틀린 낱말 백열 번 쓰고 눈이 감겼을 때와 같았다.

나는 마녀가 마법으로 재웠다는 걸 알고 분했다. 여기까지 오는 동안 표지판 하나 못 보고 잤다. 하지만 마녀한테 그걸 따지질 못했다. 옆에 앉은 마녀가 '얌전히 있는 게 좋을 거야' 라고 사나운 눈빛으로 날 협박했다. 집은 폐가나 다름없었다.

나무로 된 대문 하나는 떨어져서 담벼락에 기대어 있고, 다른 문 하나는 반쯤 부서져서 바람에 삐걱삐걱 소리를 내며 흔들렸다. 대문 너머로 풀들이 자란 기와지붕이 보였다. 그 뒤로 나무들이 빼곡한 숲이 보이고, 집 주위에는 오래된 나무와 밑동이 부러지거나 뿌리째 뽑힌 나무도 있었다.

마당에는 여러 가지 풀들이 키만큼 자랐다. 엄마가 좋아하는 물망초

꽃이 많았다. 방문은 구멍이 숭숭 뚫렸고, 부엌문도 부서졌고, 벽은 커다란 개도 드나들 만큼 구멍이 있고, 처마 아래에 댄 빗물받이는 대롱대롱 매달렸다. 들고양이와 쥐, 뱀, 벌레들이 우글거리고 밤에는 귀신들이 나올 것은 낡은 집이었다. 사방을 둘러보아도 집은 보이지 않았고 산으로 둘러싸여 있었다.

집을 떠날 때까지 편지를 보낼 희망이 있었다. 아파트 1층 801호 편지함에 편지가 꽂혀있으면 연희네 가족이 읽고 선생님에게 전해줄 거라는 희망이 있었다. 이제 아무것도 할 수가 없다. 집에서 떠나지 않겠다고 버티지 않은 내가 미웠다.

마녀는 기사와 짐을 옮기는 문제를 두고 실랑이를 벌였다.

아저씨들은 금방이라도 소낙비가 쏟아질 것 같으니 이삿짐을 집 안으로 옮겨 놓겠다고, 아줌마와 꼬맹이 둘이 옮길 수 없다고 우겼다.

마녀는 짐이 소낙비에 맞든 집 밖에 있든 아저씨들이 걱정할 바 아니라고, 물건들이 비를 맞아도 책임을 묻지 않을 거라면서 조금도 물러서지 않았다. 마녀가 이겼다.

아저씨들이 떠나자마자, 마녀가 마스크를 벗었다. 이제야 숨을 쉴 수 있다면서 숨을 크게 쉬었다. 나와 눈이 마주치자 기분 나쁘게 혀를 날름거리며 '나 어때?' 라고 씩 웃었다. 마치 '내 혀가 근사하지 않니?' 라는 자랑스런 표정이었다.

나는 화가 났지만 참았다.

"어떠냐. 숨어 살기에는 아주 좋지 않니? 난 이런 집이 좋단다. 그동안 궤짝 같은 아파트에서 갇혀 사는 게 끔찍했단다. 너도 며칠 지나면 여기가 마음에 들 거야. 공기 좋고, 새소리도 들을 수 있고, 공부 안해도 좋고….”

마녀가 약을 올리 듯 말했다.

“나 왔어요!”

마녀가 빈집을 향해 외쳤다. 아무도 나타나지 않았다.

“장난 그만 치고 나와요. 어디 숨었는지 다 안다고요!”

마녀가 이번에는 짓궂게 웃으며 소리쳤다.

갑자기 빈집에서 덜컹덜컹, 쿵쿵, 우다당탕 소리가 들렸다.

낄낄낄!

우헤헤헤!

후아호! 후아호!

…

괴이쩍게 생긴 마귀들이 집에서, 숲에서, 나뭇가지 사이에서, 지붕 너머에서, 마루 밑에서, 벽에서 모습을 드러냈다.

마귀들은 마녀를 환영한다고 재주를 넘거나, 괴상한 소리를 지르거나, 손을 길게 늘여서 악수하자거나, 손을 대문짝만하게 크게 하여 손뼉 치거나, 목은 길게 늘이고 다리는 마당에 머리는 마녀 앞으로 내밀고 입맞춤을 하거나, 하여튼 이상한 행동으로 마녀를 반겼다.

마귀들의 생김새도 달랐다. 마녀처럼 뱀의 혀를 가졌거나 개처럼 긴 혀를 가졌거나 짧은 혀를 가진 마귀도 있었다. 팔다리 그리고 얼굴에도 비늘이 있는가 하면 도톨도톨하게 난 피부도 있고 회색 털로 뒤덮인 마귀도 있었다.

“이 아이가 네 일을 망친 아이지?”

험상궂게 생긴 마귀 하나가 내 배를 길게 늘어뜨린 손가락으로 꾹꾹 찌르며 마녀한테 물었다.

“내가 바보예요! 그깟 일로 공들인 약들을 없앨까 봐요. 자-알 모셔 놨어요!”

마녀가 하이에나처럼 흰 이를 드러내놓고 씩 웃었다.

‘지난 새벽에 깨뜨렸던 건 뭐지?’

나는 그제야 마녀가 마법으로 속임수를 썼다는 걸 알았다.

“구렁이는 끔찍하게 챙기는데.”

“구렁이가 아니라 동생이에요.”

“호오! 저주를 받아서 구렁이가 됐다는 아이구나. 고거 쌤통이다!”

마귀가 혀를 내밀어 놀렸다.

마귀들은 우리 집에 대해서 많은 것을 알고 있었다.

심술궂은 마귀들은 내 귀를 당기거나 볼을 꼬집어보거나 머리카락을 힘껏 당겼다. 그때마다 나는 아파서 소리를 질렀다. 그러면 이들은 괴상한 소리를 지르며 팔짝팔짝 뛰며 좋아 어쩔 줄을 몰랐다.

마녀가 인간 아이이니 너무 그러지 말라고 나무라도 소용없었다.

“아이와 장난 할 시간 없어요. 빨리 헌 집을 새집처럼 고치고, 먼지 하나 없이 깨끗이 청소하고 짐을 옮겨야 해요. 전 비가 싫거든요!”

마녀가 소리치자, 마귀들은 장난을 멈추고 집으로 우르르 몰려갔다. 그리고 한바탕 소동을 일으켰다.

쓰러진 나무를 베서 만든 판자도 만들고, 깨진 기와도 붙여서 새 기와로, 물과 짚이 잘 섞인 흙덩어리로 구멍을 막고, 마당에서 뽑힌 풀들은 담 너머로, 커다란 기둥도 사방으로 휙휙 날아다녔다.

순식간에 집은 말끔하게 고쳐서 새집처럼 변했다.

이번에는 마귀들이 약병을 두는 장도, 상자도 가벼운 물건을 들 듯이 가뿐하게 옮겼다. 그들은 큰 물건이면 몸을 거인처럼 크게 부풀리고 작은 물건이면 몸을 아주 작게 줄여서 옮겼다.

쌓아 둔 물건들로 가득했던 대문 앞은 말끔하게 치워졌다.

"뿔귀야. 아이가 달아나지 못하게 잘 감시해."

마녀의 말이 떨어지기를 기다렸다는 듯이 뿔귀는 좋아서 소리를 꽥꽥 지르며 몸을 떼굴떼굴 굴렸다. 못된 짓만 일삼는 말썽꾸러기였다.

"걱정을 허리띠에 꼭꼭 묶어 두세요. 이 뿔귀가 늙은 여우도 꼼짝 못하게 했잖아요!"

뿔귀가 아부했다.

"경운아, 다시 한 번 말하는데 내 허락 없이는 방에서 밖으로 나가지 마라. 이번에는 내 말을 듣지 않으면 네 동생처럼 너도 구렁이로 만들어 버릴 거야. 명심해!"

마녀가 경고하고 집 안으로 들어갔다.

"꼬맹아. 이제부터 넌 내 부하야! 내가 시키는 대로 해야 해."

뿔귀가 내 볼을 오톨도톨한 손가락으로 당기며 음흉하게 웃었다. '내가 널 어떻게 가지고 놀지 두고 보면 알 거야' 라는 웃음이었다.

나는 눈앞이 캄캄했다. 조금 전에도 팔을 길게 늘여서 내 볼을 꼬집어 당겼던 녀석이었다.

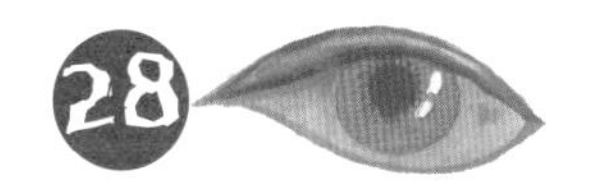

뿔귀의 못된 장난

몸을 공중에 띄운 뿔귀가 오른쪽 복도로 나를 안내했다. '끄응' 이라고 쓴 방은 나를 위해 만든 화장실이라고 알려주었다.

삐걱거리는 마루는 어둡고 추운 데다 음침하기까지 했다.

마루 끝의 방에는 내 물건들이 있어서 마음이 조금 놓였다.

"꼼짝 말고 여기 있어!"

뿔귀가 소리치고 사라졌다.

방은 작고 깨끗했지만, 곰팡내가 났다. 어두워서 불을 켜려고 스위치를 찾았다. 녹슬고 부서진 스위치 밖에 없었다. 방에 갇혀서 지낼 일을 생각하니 아득했다.

창밖에서 번개가 치고 천둥소리가 났다. 이어서 빗방울이 후드득 떨어지는 소리가 들렸다.

먼지 낀 유리창을 닦고 밖을 바라보았다. 반쯤 열려 있는 대문 사이로 누군가가 이쪽을 보고 있었다. 나와 눈이 마주치자 사라졌다.

'누굴까?'

한참을 바라보았지만, 사람은 나타나지 않았다.

마귀들이 떠드는 소리가 요란하게 들렸다. 마치 추석이나 설을 맞이하러 온 가족 모임 같았다.

그런데 이상했다. 누군가가 내게 이렇게 말하는 것 같았다. '마귀들은 무섭지 않아. 마귀들은 무섭지 않아' 라고. 그리고 든든한 무언가가 내 곁에 함께 있다는 느낌마저 들었다.

'누굴까'

구렁이는 며칠 굶어서인지 몸이 축 늘어져 있었다.

"밖으로 보내줄까?"

구렁이가 혀를 날름거리며 머리를 흔들었다.

"너는 달아나야 해. 여기 있으면 마녀가 널 가만 안 둘 거라고!"

나는 동생을 설득시켜서 밖에 내보내려고 했다. 하지만 내가 몸을 만지려고 하면 동생 구렁이가 물려고 했다.

그때 머리 위에서 검은 물체가 움직였다.

나는 깜짝 놀라 비명을 질렀다.

"낄낄낄! 놀라긴,"

뿔귀였다.

"내 이름 잘 기억해 둬. 뿔귀다. 뿔난 마귀라는 이름을 부르기 쉽게 내가 줄였다."

뿔귀가 괴상한 주문을 외우며 내 귀를 당겼다. 그러자 내 귀는 잘 발효된 밀가루 반죽처럼 늘어났다.

아파서 비명을 지르면 지를수록 뿔귀는 더 신이 나서 당겼다. 귀는 내

팔꿈치까지 닿았다.

나는 비명을 지르지 않으려고 한 손으로 입을 가리고 이를 악물었다. 내가 소리를 지를 때마다 녀석이 즐긴다는 걸 알았다.

"낄낄낄!"

이번에는 내 팔을 잡아당겼다. 팔이 둘둘 말린 밀가루 반죽처럼 늘어났다.

나는 팔을 치며 고통을 참았다.

이번에는 뿔귀가 내 두 발을 붙들고 거꾸로 세웠다.

"장난 그만해!"

착한 마귀였다.

"넌 꺼져!"

뿔귀가 내 몸을 방바닥에 내동댕이쳤다. 그리고 착한 마귀를 머리로 받았다. 벽에 부딪친 착한 마귀는 아프지도 않은지 비명도 지르지 않았다.

"낄낄낄!"

뿔귀는 내가 손가락 하나 움직일 수 없을 때까지 괴롭혔다. 내 몸은 멍이 들고, 다치고, 팔이 부러지고, 다리가 삐고, 갈비뼈가 부러져서 성한 데가 없었다.

"괜찮아."

마녀가 와서 내 몸을 손바닥으로 쓱 한번 쓰다듬었더니 신기하게도 멍든 부분까지 깨끗이 나았다. 그렇다고 몸이 욱신욱신 아픈 거는 남아있었다.

"뿔귀 녀석이 짓궂기는 해도 널 죽이지는 않을 거야."

마녀가 말하고 사라졌다.

돌멩이에게 말을 시켜봤지만, 그 어떤 미세한 움직임도 없었다.

밤이 깊었다. 풀벌레와 부엉이 우는 소리가 크게 들렸다.

'엄마는 우리를 보고 싶지 않을까?'

엄마가 원망스럽지만 보고 싶었다.

"엄마는 너희들이 시집 장가가서 애를 낳아 손주 볼 때까지 함께 살 거야."

잠자리에 들 때 엄마가 들려주던 말이었다.

"엄마, 나는 장가 안 가고 엄마하고 살 거예요."

"나도 시집 안 가고 엄마랑 살 거야."

내가 말하면 동생도 지지 않았다.

나는 구렁이가 된 동생을 바라보았다. 구렁이는 똬리를 틀고 나를 응시하고 있었다.

"너를 구해줄 게."

나는 동생 구렁이가 시골에 와서 절망할까 봐 힘주어 말했다.

"엄마가 우리 없으면 찾을 거야. 그리고 아빠도,"

구렁이에게 말했다.

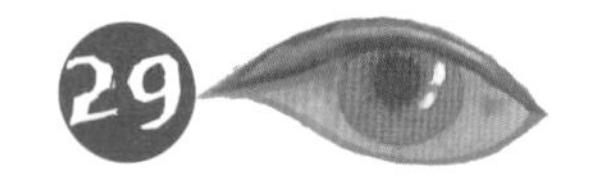

성민이의 활약

밤이 깊었는데도 잠이 오지 않았다.

나는 추위를 이기기 위해서 몸을 움츠리고 손을 바짓가랑이에 넣었다. 잊고 있었던 찰흙인형이 생각났다. 집을 떠나올 때 현관 앞에 놓여있었던 인형이었다. 가슴께를 누르니 말랑말랑하였다.

'될까?'

나는 손발과 눈, 코까지 균형이 맞지 않는 찰흙인형의 가슴을 문질렀다.

찰흙인형이 스르르 커졌다.

성민이가 헤헤헤 웃으며 나타났다.

"성민아!"

나는 너무나 반갑고 고마워서 성민이를 와락 껴안았다. 그리고 두 번이나 와줘서 고맙다고 말했다. 뜨거운 눈물이 주르르 흘렀다.

"깜깜해!"

"불이 안 켜져."

"아프지 않아?"

성민이가 내 몸을 구석구석 살폈다. 바보처럼 헤헤헤 웃으면 얼굴 전체가 하회탈 같았다. 하지만 방금 헤헤헤 웃음은 눈 주변만 웃기 때문에 '걱정 많이 했어' 라는 마음이 담겼다.

"응. 괜찮아. 너는?"

"저! 저게 뭐야?"

성민이가 둘러보다가 상자 밖으로 머리를 내민 구렁이를 발견하고 놀란 눈으로 물었다.

나는 동생이 구렁이가 됐다는 사실을 털어놓았다. 이번에는 성민이가 헤헤헤 웃음이 찡그려지면서 안타깝다는 표현을 했다.

"마녀 나쁘다!"

"이사 온 날 마녀가 너한테 거짓말 한 거야. 날 독감 걸린 것처럼 마녀가 마법을 부린 거야. 나는 감기도 걸리지 않았어."

"진짜아?"

"봐, 괜찮잖아."

나는 팔을 휘두르고 어깨도 활짝 펴 보였다.

"너, 언제 우리 집 현관 앞에다 찰흙인형 놓고 갔어?"

"헤헤헤!"

"마녀가 우리 집에 오지 말라고 했잖아."

"알아. 하지만 선생님이 너한테 가서 얼마나 아픈지 확인하라고 했어."

"마녀가 선생님한테 내가 아프다고 편지 줬잖아?"

"연희 엄마가 학교로 전화했었데. 너희 집에 밤에 무슨 일이 벌어진 것 같다고. 그래서 너희 집에 가서 다시 한 번 확인하라고 한 거야."

성민이의 목소리는 차분했다.

"그런데 왜 문을 두드리지 않았어?"

"연희가 문 두드리지 말라고 해서."

성민이가 누런 이가 보이도록 헤헤헤 웃었다. 그건 '찰흙을 두고 간 거 잘했지?' 라는 웃음이었다.

"이제 어떻게 할 거야?"

"홍홍 할머니한테 나 붙잡혔다고 말해 줘."

"여기가 어디야?"

"나도 잘 몰라."

그때 찬바람이 온몸을 스쳐 지나가는 것을 느꼈다.

"누가 왔나 봐!"

성민이의 몸이 부르르 떨더니 순식간에 찰흙인형이 됐다.

문틈 사이로 착한 마귀의 얼굴이 나타났다.

"인형하고 말하네."

착한 마귀는 내 손바닥에 놓인 찰흙인형을 보고 말했다.

"들어와."

나는 이곳이 어디인지 알려면 마귀와 친해질 필요가 있다고 생각했다.

"안 들어갈 거야. 뿔귀는 네가 있는지 확인만 하고 오라고 했단 말이야."

착한 마귀가 머리를 잘래잘래 흔들며 사라졌다.

"성민아. 내 말 잊지 마!"

나는 찰흙인형의 귀에다 대고 속삭였다. 굳어가는 찰흙인형의 심장을 문질렀지만 소용없었다.

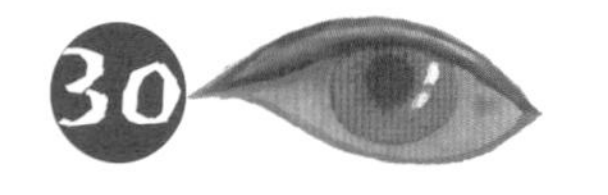

붉은 눈 찰흙의 비밀

책상 밑을 보았다. 찰흙인형은 엄마가 사준 찰흙도 있고, 연희가 생일 선물로 준 찰흙도 있고, 시장에 갔다가 가게 아줌마가 돈을 주어서 산 찰흙도 있고, 친구들이 생일 선물로 준 찰흙도 있고, 분식집 아줌마와 아르바이트 하는 누나가 준 찰흙도 있고, 마녀가 준 찰흙도 있었다. 찰흙인형들을 보면 엄마가 생각났다. 엄마는 내가 찰흙인형을 만들 때마다 만든 연유를 물었다. 찰흙은 나와 엄마의 생각을 진지하게 나누는 기회였다.

상자에 담긴 인형들 사이로 푸른빛이 희미하게 새어 나왔다. 방안이 깜깜해서 유난히 빛이 밝았다.

딱딱하게 굳었던 곰 인형의 배가 부풀러 오르면서 그물처럼 갈라졌다. 그 틈새로 푸른빛이 새어 나왔다. 손끝으로 갈라진 찰흙 덩어리 하나를 뗐다. 비닐로 싸인 찰흙 뭉치가 말랑말랑하였다. 그동안 모래처럼 부서지던 찰흙이었다. 나는 벅찬 감격과 두려움이 한꺼번에 몰려왔다. 밖에 누가 오는지 귀를 쫑긋 세우고 들었다. 마귀들이 떠드는 소리와 풀벌레 소리가 뒤섞여 들렸다.

나는 찰흙조각들을 조금씩 떼어내었다. 비닐에 싸인 찰흙 뭉치가 크게 부풀어 있었다. 마치 밀가루 반죽에다 이스트를 넣고 따뜻한 아랫목에 놓아둔 것처럼 부풀었다. 쿵쿵 뛰는 심장을 진정하려고 허리를 펴고 숨을 길게 내쉬었다.

마녀에게 붙들린 게 나쁜 일이라면, 마법찰흙이 내게 좋은 일을 가져다주기를 빌었다.

비닐을 벗겨내고 마법찰흙을 주물렀다. 엄마가 주고 간 이후로 모래처럼 부서지기만 했던 찰흙이 찹쌀가루보다 더 보드랍고 잘 뭉쳐졌다. 붉은 눈이 움직였다.

'마법 찰흙으로 마녀를 물리치게 해주세요!'

나는 마음을 다하여 기도했다.

내가 찰흙을 아무리 좋아해도 저주가 있는 찰흙을 훔쳐서 내게 주는 건 과연 사랑일까? 나도 엄마를 위해서 그렇게 할 수 있을까? 나는 고개를 저었다. 엄마는 피치 못할 사정이 있어서 마법찰흙을 내게 주었을 것이고, 내게 준 그만한 이유가 있다고 생각했다. 어쩌면 마녀의 손에 넣어서는 안 될 이유가 있을 거라는 생각도 들었다.

찰흙마왕의 말이 스쳤다.

붉은 눈 찰흙을 만질 수 있는 사람은 정의를 위한 사람이거나 간절함이 있는 사람이어야 한다고 했다.

'나도 간절한 사람일까?' 라고 내게 물었을 때, 동생 구렁이가 문을 바라보며 혀를 빠르게 날름거렸다.

누가 가까이 오고 있을 때, 구렁이의 행동이었다.

나는 마법찰흙을 주머니에 넣고 배속이 흉하게 드러난 곰 인형을 등 뒤에 숨겼다.

"이게 뭐야?"

뿔귀가 곰 인형에서 떨어진 찰흙조각 하나를 내 눈앞에 들이대고 물었다.

"찰흙이지 뭐야."

나는 시치미를 뚝 뗐다. 뿔귀는 마귀라서 눈치 빠른 녀석이니까 꼬투리를 잡혀서는 안되었다.

"그걸 물어본 게 아니야. 찰흙 인형을 왜 부수었느냐고 묻는 거야."

"책상 위에 올려놓았다가 떨어뜨려서 깨진 거야."

뿔귀가 구멍이 뻥 뚫린 곰 인형을 빼앗아 갔다. 그리고 의심의 눈으로 샅샅이 살폈다. 냄새도 맡고, 접시만 한 눈으로 구멍 안도 들여다보았다. 녀석의 행동을 보니 마녀가 날 잘 감시하라고 보낸 게 분명했다.

"여길 봐. 텅 빈 뱃속에 뭔가 숨겼던 자국이 있다. 여기에 뭘 숨겼는지 말해 봐?"

"찰흙이 모자라서 이 비닐을 채웠던 거야!"

나는 비닐을 돌돌 뭉쳐서 보여주었다.

뿔귀가 의심의 눈빛으로 나를 봤다.

"날 바보로 아나. 이 자국은 비닐에 싸인 걸 넣었을 때 생긴 자국이야."

뿔귀가 쭈굴쭈굴한 주름 자국을 보라며 내밀었다.

"비닐을 넣었던 자국이야!"

나는 붉은 눈 찰흙을 빼앗길지 모른다는 위기감이 들었다.

"흥!"

뿔귀가 티라노사우루스처럼 몸을 부풀리고 사나운 표정을 지었다. 내가 겁먹을 거라는 생각을 하는 모양이었다.

나는 위기를 벗어나려고 뿔귀를 노려보았다.

그때 상자에서 나온 구렁이가 뿔귀의 다리를 감고 물었다.

"흐흐흐!"

뿔귀는 가소롭다는 듯이 웃으면서 다리를 코끼리 다리만큼 부풀렸다. 구렁이의 몸을 늘려서 두 동강 낼 태세였다.

내가 구렁이를 살려달라고 애원했지만, 녀석은 입을 크게 벌리고 심술궂게 소리 내어 웃었다.

구렁이가 방바닥에 툭 떨어졌다. 머리가 움직이는 걸 보니 죽지 않았다.

거인처럼 커진 뿔귀가 나를 문 쪽으로 밀쳤다. 뿔귀의 화난 표정을 보니 나와 구렁이를 죽일 것 같았다. 뿔귀가 구렁이의 목을 들고 뭐라 말했다.

나는 엄마가 준 마법찰흙이 위기에서 도와줄 거라고 믿었다. 주머니에서 엄마가 준 찰흙을 꺼내서 삽살개를 만들었다. 삽살개가 귀신을 물리친 이야기를 엄마가 들려준 적이 있었다.

삽살개의 가슴을 문지르자 삽살개의 몸이 커지고 심장이 뛰었다.

캉캉캉!

삽살개가 뿔귀의 다리를 물었다. 뿔귀가 아프다고 괴상한 비명을 질렀

다. 순식간에 뿔귀의 몸이 생쥐로 변하여 열린 문 사이로 달아났다.

"고마워!"

삽살개의 눈은 잠자리 눈처럼 작고 붉은 점이 무수히 많았다.

"낄낄낄!"

"흐흐흐!"

"카카카!"

….

뿔귀인 생쥐가 마녀와 마귀들을 데려왔다.

삽살개가 붉은 눈을 번득이며 "크르르르-!" 이를 드러내놓고 으르렁거렸다.

마귀들이 눈을 팔로 가리거나 감아버렸다.

"경운아, 경운아, 제발 삽살개를 치워다오!"

마녀가 사정했다.

"안돼요!"

붉은 눈 찰흙으로 만든 삽살개가 마녀와 마귀들을 꼼짝하지 못하게 했다. 찰흙세계 왕도 붉은 눈 찰흙은 마법의 힘이 있다고 했다. '이제 난 마녀도 무섭지 않다' 라는 생각에 이르자 용기가 났다.

"너에게 꼭 할 말이 있어. 제발!"

마녀가 팔 하나는 눈을 가리고 다른 팔 하나는 삽살개를 가리키며 애원했다.

나는 잠시 망설였다.

마녀는 아빠와 어떤 관계이고 엄마와 아는 사이인지 궁금한 걸 물어볼 기회라고 생각했다.

나는 삽살개를 품에 숨기고 짖지 못하게 달랬다.

"이 강아지는…!"

마녀가 커다란 눈으로 삽살개의 몸을 바라보며 말을 잃었다. 많이 놀란 것 같았다. 붉은 눈 찰흙은 정의로운 자, 간절함이 있는 자이어야 한다는 비밀을 알고 있는 게 분명했다.

나는 마녀가 가까이 다가오는 것을 경계했다. 그리고 나를 꼼짝하지 못하게 하고 삽살개를 빼앗을까 봐 마음을 놓을 수가 없었다. 하지만 마녀는 마법을 부려서 나를 잠재우지 않았다.

흠흠!

마녀가 코를 벌름거렸다.

"네 엄마가 준 찰흙이 맞지? 삽살개에서 구릿한 냄새 대신 찰흙 냄새가 나는데?"

"무슨 상관이에요."

"너도 이제 알아야 한다. 아홉 살이면 이해할 거야. 네 엄마가 내 마법찰흙과 남자친구를 빼앗아갔어. 정말이야!"

"거짓말이에요!"

"진짜야. 내 말 좀 믿어줘. 지금이라도 삽살개를 되돌려준다면 지금까지 있었던 일을 없던 일로 해주고 네 엄마도 용서해 줄게."

"싫어요!"

엄마가 찰흙하고 남자친구를 빼앗아갔다는 말은 처음 들었다. 삽살개를 빼앗으려고 꾸며낸 말이라고 여겼다.

"경운아. 삽살개를 준다면 엄마가 있는 곳도 알려주고, 네 동생도 저주를 풀어줄게. 약속할게. 응?"

마녀가 상냥한 목소리로 사정했다. 하마터면 "네" 라고 대답할 뻔했다.

"주지 않을 거예요."

나는 고집스러운 눈으로 마녀를 노려봤다.

마녀가 마법을 써서 삽살개를 빼앗아가지 않았다. 붉은 눈 찰흙을 빼앗아가는 건 나쁜 마음이라 실행하지 않았는지 모른다. 붉은 눈 찰흙이 위험에서 구해준다는 사실이 확인된 셈이었다.

허리가 구부정한 마귀가 마녀의 귀에다 뭐라고 속삭였다. 마녀가 고개를 두어 번 끄덕였다. 그리고 마녀는 마귀들을 데리고 조용히 사라졌다.

밤이 깊었다. 마녀와 마귀들이 삽살개를 빼앗으려고 언제 들이닥칠지 몰라 잠이 오지 않았다.

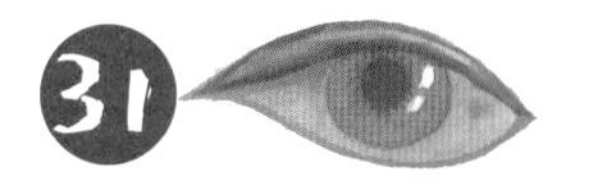

마녀의 두 번째 비밀

"어!"

삽살개는 다시 한 줌 붉은 눈 찰흙으로 변했다.

그때 눈앞에 홍홍 할머니와 성민이가 나타났다. 나는 반가워서 소리를 지를 뻔했다. 홍홍 할머니가 입에다 검지를 대며 조용히 하라고 했다. 그리고 문밖에 마귀들이 있는지 확인했다. 풀벌레 소리만 들렸다.

"너희들이 잠깐 갈 데가 있엉."

홍홍 할머니가 소리를 내지 않고 입만 달싹거렸다. 양손에는 나와 성민이를 닮은 찰흙인형이 각각 쥐고 있었다.

"마녀가 오면요?"

"여긴 아무도 없당. 그러니 걱정하지 말고 눈을 감앙."

나는 마녀의 지시대로 눈을 감았다. 몸이 붕 뜨고 정신이 어지러운 느낌이 들었다. 그네를 타고 날아오르는 것 같았다.

아파트 내 방이었다. 벽에는 내가 쓴 글씨가 그대로 남아있었다. 장도 책상도 벽에 걸린 시계까지도 치워서 방이 휑했다. 벽지만 눈에 익었지

남의 방에 있는 느낌이었다. 며칠 전 경희가 마녀의 몸에 비늘과 꼬리가 있다고 말할 때, 몸이 뒤틀리며 고통스러워하는 경희의 모습이 떠올랐다. 눈시울이 시큰거렸다.

"성민이가 저 글씨 중에 성이 이 씨라서 '이' 자 하고, 나머지 글자는 숫자 4와 비슷하다고 해서 내가 '사' 자를 썼더니 맞다고 하더랑. 그래서 네가 이사했다는 것을 알았당."

홍홍 할머니가 성민이의 기억력을 칭찬하는 목소리였다.

성민이가 '나 잘했지' 라고 헤헤헤 웃었다.

"지난밤에 내가 여기 와서 보고 갔당."

"나도 왔었어."

성민이가 말했다.

거실을 나와 보니 깨끗이 치워져 있고 주방에는 실린더와 실험기구가 가득했는데 지금은 깨끗이 치워져 있었다.

"말끔히 치웠구낭."

우린 안방으로 갔다.

상자는 말끔히 치워져 있고 빈 책장만 남아있었다. 이삿날 보았을 때는 깨진 유리들과 옷가지 그리고 넘어진 장이 있었는데 흔적도 없었다. 엄마가 집을 나간 후로 방에 처음 들어와서인지 낯설었다. 이 방은 내가 다섯 살 때까지 엄마의 오른쪽에는 내가 차지했고 왼쪽에는 경희 차지였다. 내가 자고 있을 때 일을 마치고 돌아온 엄마가 "욘석이 내가 보고 싶지도 않나 봐." 라며 볼을 살짝 꼬집었던 기억이 났다.

"마녀는 아무도 접근하지 못하는 깊은 동굴에다 약을 모두 옮겼당.

만약 그 약이 만들어지는 날에는 네가 봤던 마귀들이 모두 마녀의 음모대로 필요한 사람으로 둔갑하게 된당. 그게 너희 가족인 것 같당. 너희 엄마와 아빠가 위험하당. 내일 밤까지 마녀를 없애야 한당."

홍홍 할머니가 말했다.

"마녀가 약병을 다 깨뜨렸는데요?"

"마녀라면 그깟 속임수를 얼마든지 쓸 수 있당. 어서 서둘러랑. 새엄마가 만든 가짜 사람들을 데리고 이리로 올지 모른당."

홍홍 할머니의 말을 듣자, 떠오르는 게 있었다. 늙은 마귀가 마녀의 일을 망친 나를 지목하자, 마녀가 "내가 바보예요. 공들인 약을 잘 모셔놨어요." 라고 웃으며 대답한 말이다.

마녀의 가짜 가족들이 우리 가족을 내쫓는 상상을 하자 억울하고 화가 났다.

"보여줄 게 있당."

홍홍 할머니가 이불을 놓는 옷장 문을 열었다. 옷장 안쪽 벽에는 어른이 드나들 수 있도록 사다리와 커다란 구멍이 뚫려 있었다. 전에는 없었던 구멍이었다.

"저 구멍이 뭐예요?"

"마녀가 저 구멍을 통해서 밖에 나가 마귀들을 만났당."

홍홍 할머니가 말했다.

"새엄마는 너희들을 잘 보살펴 주겠다고 네 아빠를 꼬드겨서 왔을 것이당. 그리고 밤에 네 방에 들러서 네가 눈치채지 못할 만큼 몸에서 기를 조금씩 빼앗아갔당. 마녀는 인간의 기 없이는 하루도 살 수가 없당."

나는 마녀의 수상한 행동들을 하나하나 말했다. 일주일에 두 번 의식은 있는데 손가락 하나 움직일 수 없다는 것도 말했다.

"마녀가 우리 아빠 여자 친구였대요."

"거짓말 아니당?"

"마녀가 이야기했어요. 엄마가 아빠를 빼앗아갔데요. 그래서 찰흙을 주면 엄마를 찾아주고 내 동생도 사람으로 만들어주겠대요."

"이제야 새엄마가 너를 해치지 않은 이유를 알겠당. 어서 가장."

"마녀는 구렁이에요. 내 동생이 말했다가 구렁이가 됐어요."

"확실하냥?"

"구렁이처럼 꼬리도 있고 혀도 뱀처럼 생겼어요."

"이제야 짐작이 가는 게 있구낭. 경운이 네가 붙들려가서 지냈던 집 뒤로 보이는 산을 봤징. 아홉 개 용의 머리처럼 봉우리가 솟아난 구룡산이당. 구룡산은 아주 오랜 옛날 아홉 마리의 용이 아니라 늙은 구렁이 아홉 마리가 살았당. 그중 여덟 마리는 승천하고 한 마리는 사라졌다는 이야기가 있당. 사라진 구렁이가 경운이 너의 새엄마로 둔갑했당."

홍홍 할머니의 목소리는 진지했다.

"그럼 엄마 친구라는 사람은요?"

"그건 나도 모른당. 살아있다면 새엄마가 엄마 친구를 어딘가에 가두었거나 없애버렸을 수도 있당."

"사람이 아니네요."

성민이가 끼어들었다.

"경운이 널 이곳 구룡산으로 이사를 온 이유도 알겠당. 오랫동안 마귀들이 만든 굴이 있을 거랑. 그곳에는 집에 있던 약들을 숨겨놨을 거랑."

"나는 이제 어떻게 해야 해요?"

"구룡산으로 다시 가장. 네가 갇혔던 집에 가면 마녀가 만든 굴이 있을 거랑. 넌 마녀가 숨겨놓은 약을 찾아서 모두 없애야 한당. 그래야 네 엄마와 아빠가 무사히 집에 올 수 있당."

"홍홍 할머니가 마법 찰흙 하나 주시면 안 돼요?"

"그럴 시간이 없당. 성민이가 널 도와줄 거당."

"성민이가 어떻게요?"

성민이는 바보인데 날 어떻게 도와주느냐고 따지는 내 목소리를 듣고 홍홍 할머니가 실망스러운 표정을 지었다.

나는 성민이를 바라보았다.

성민이가 내 말에 기분 나빠할 텐데도 '도와줄 게' 라고 헤헤헤 웃는 게 듬직해 보였다.

"미안해!"

나는 입에서 간신히 나왔다.

"경운아. 너는 아직도 성민이의 마음속을 들여다보지 못하고 겉만 보고 있구낭. 그래서 네가 성민이를 믿지 못하는구낭."

"아니에요. 믿어요. 진짜예요!"

나는 방금 한 말을 후회했다.

"네가 말하지 않아도 나는 너를 알고 있당. 그렇다면 한 가지 묻겠당. 성민이가 왜 순한 순동이한테 꼼짝 못했을깡? 힘이 센데동?"

"바보니까요."

내 입에서 불쑥 튀어나왔다.

홍홍 할머니가 야단을 치지 않고 빙그레 웃었다. 그리고 성민이를 믿음의 눈빛으로 지그시 바라보았다. 성민이는 자신은 아무렇지도 않다고 헤헤헤 웃었다. 나는 미안해서 성민이의 눈을 똑바로 볼 수가 없었다. 성민이의 눈동자는 상대방을 편안하게 하는 힘이 있었다.

"성민이의 부모님이 안 계시다는 건 알고 있징?"

"네."

"성민이는 싸우다 자신이 다치거나 남을 때려서 다치면 할머니가 걱정하실까 봐 싸움을 피한단당. 그리고 또 다른 이유가 있당. 시장 입구에서 가게도 없이 장사하는 할머니에게는 한 명의 손님이라도 줄어들까 봐 그랬당. 그게 바로 성민이의 마음이랑."

나는 성민이에게 미안한 마음이 들었다. 그동안 성민이가 위험을 무릅쓰고 도와주었는데 바보라고 했으니까.

'미안해! 앞으로 놀리지 않을게.' 라고 성민이의 손을 잡고 눈빛으로 사과했다. 성민이가 괜찮다고, 사과하지 않아도 된다고 바보처럼 헤헤헤 웃었다.

"성민이는 바보라고 놀리거나 때려도 단단한 마음이 있어서 끄떡없당."

홍홍 할머니가 칭찬하자, 성민이가 좋아라 헤헤헤 웃었다.

"가자. 싸우렁!"

"성민이는 집에 가지 않아도 돼요?"

"걱정하지 마랑."

홍홍 할머니가 의미 있는 미소를 지었다. 성민이가 고개를 끄덕이며 헤헤헤 웃었다.

나는 홍홍 할머니가 시키는 대로 상민이의 손을 그 어느 때보다 힘껏 잡고 눈을 감았다.

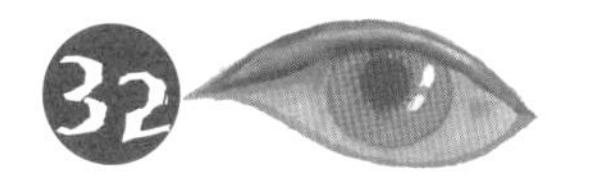

허깨비에 속다

몸이 붕 뜨는가 싶더니, 마녀가 나를 가뒀던 방에 도착했다.

"내 이야기 잘 들으랑."

홍홍 할머니의 목소리는 싸우러 가는 것처럼 진지했다.

우리는 홍홍 할머니의 쭈글쭈글한 주름으로 둘러싸인 눈을 바라봤다.

"마녀가 새벽마다 여기 와서 마귀들을 모아놓고 일을 꾸몄을 거랑. 집 어딘가에 지하세계로 가는 굴이 있을 거랑. 마녀와 마귀들이 팠을 거랑."

"무슨 일을 꾸몄는데요?"

"내 이야기를 끝까지 들으랑. 한 가지 사실은 분명하당. 마녀가 경운이 가족을 이용하여 일을 꾸미고 있다는 사실 말이당."

"그런데 그게 왜 우리 집이에요?"

"이건 내 추측이당. 경운이 엄마와 아빠 그리고 엄마 친구 세 사람의 일인데 지금은 마녀가 엄마 친구로 위장하여 마법 찰흙을 빼앗으려고 벌인 문제당. 어쩌면 그 이상일 수도 있는 문제당."

홍홍 할머니의 말에, 나는 짚이는 일들이 하나둘이 아니라는 걸 알았다. 첫째는 내가 찰흙을 좋아한다는 것, 둘째는 엄마가 이상한 찰흙을 남기고 사라졌다는 것, 셋째는 친구가 받는 저주를 엄마가 받아야 한다고 아빠가 말했다는 것, 넷째는 붉은 눈 찰흙을 마녀가 찾는다는 것, 다섯째는 엄마가 친구의 남자친구인 아빠를 빼앗아갔다는 마녀의 말 등이다.

"내가 새엄마를 봤어야 했당. 그래서 네 엄마와 어떤 관계인지 알았어야 했당."

홍홍 할머니가 안타까워하는 눈빛을 보였다.

"경운아앙, 네가 엄마를 구해야 한당! 네 아빠도 엄마를 구하지 않을 거라는 거 너도 잘 알고 있잖앙!"

홍홍 할머니의 목소리가 내 귀로 들어와 내 가슴에 웅웅 울렸다.

"알아요!"

"위험이 닥치거나 어려운 일이 있거든 엄마와 네 동생을 생각하랑. 넌 할 수 있을 거랑!"

"저도 도와줄 거예유!"

성민이의 눈빛이 빛났다.

홍홍 할머니가 결심한 듯 입술을 꽉 깨물었다.

"따라와랑."

"어디를요?"

"마녀가 숨은 굴을 찾아야 한당."

우리는 방을 나왔다. 복도는 길게 나 있고 방은 화장실까지 세 개였다. 첫 번째 방에는 아무것도 찾을 수 없었다. 마지막 방은 벽에 널빤지로 만든 조그만 문이 하나 있었다.

"저기당."

홍홍 할머니가 문이 있는 구석진 곳으로 갔다.

"담력 기르기 해봤낭?"

"아직요."

"담력 기르기와 같당. 굴속에는 새엄마가 너희들 무섭게 하려고 찰흙으로 만든 가짜들로 꾸며놓은 거니까 무서울 거 하나도 없당."

"전 깜깜한 밤도 무섭지 않아유. 할머니가 말했어유. 귀신보다 사람이 무섭대유."

성민이가 헤헤헤 웃으며 말했다.

"할머니가 찰흙세계에 가서 마법찰흙을 가져다주면 안 돼요?"

"안된당."

"우린 무기도 없는데요?"

"이걸 들고 싸우랑."

홍홍 할머니가 1m가 되는 푸른 빛 나는 나무칼을 성민이와 나에게 나누어 주었다.

"홍홍 할머니는요?"

"나는 가지 않는당. 깜깜한 게 싫당!"

홍홍 할머니는 지난날 마녀와 함께 살면서 어두움에 대한 공포가 떠올랐는지 몸을 부르르 떨었다.

"칼에 맞으면 귀신이나 마귀들은 상처를 입는당. 그럼 힘을 못 쓴당."

"알았시유!"

성민이가 칼을 한번 휘둘러보며 히죽 웃었다.

"너 마귀 안 무서워?"

나는 성민이에게 물었다. 이곳에 도착했을 때 괴롭히던 마귀들이 머리에 스쳤다. 성민이는 마귀들을 보지 않았기 때문에 무서운 괴물과 같다는 걸 말해주고 싶었다.

"경운아,"

홍홍 할머니가 그만 말하라고 눈을 찡긋했다.

"안 무서워. 이 칼로 혼내줄 거야."

"마귀들을 죽지 않고 겁만 주는 칼이양."

"그럼 뭐 하러 줘유?"

"그럼 마귀들이 네 몸에 달라붙어서 코와 귀 그리고 팔다리를 마음대로 비틀고 잡아당기도록 내버려둘깡?"

"아, 아니에유. 아니에유!"

성민이가 펄쩍 뛰며 손사래를 쳤다. 영락없는 바보 같았다.

"마귀들의 유혹에 넘어가거나 지하의 물긴들을 만지거나 가져오면 안 된당."

"유혹이 뭔데유?"

"가령 성민이 네 할머니가 저 아래 굴에 계실 것 같앙. 안 계실 것 같앙?"

"지금 시장 입구에서 장사하고 계신데유."

"그래, 바로 그거양. 네 할머니는 지금 시장 입구에서 장사하고 계시

징. 그런데 만약에 네 할머니와 똑같은 할머니가 저 아래에 있다면 어떻게 할 거냥?"

"할머니께 살려야지유."

"바보야. 마귀가 할머니로 변신한 건데!"

내가 끼어들었다.

"귀신이래두 할머니를 어떻게 때린데유!"

성민이는 자신의 생각을 굽히지 않았다.

"시장 앞에서 잡곡을 팔고 있는 할머니가 진짜 네 할머니야. 여긴 마귀가 변장한 가짜 할머니라고! 마귀라고!"

내가 소리쳤다. 하지만 나도 만약 마귀가 변신한 연희를 굴속에서 만난다면 칼로 무찌를지 장담할 수 없었다. 왠지 불길한 기운이 내 몸에 스며들었다.

"전 칼로 찌르지 않을 거예유!"

"좋아. 내가 할머니의 등만 살짝 찌를게. 마귀인지 아닌지."

내 말에, 성민이는 안심이 되었는지 헤헤헤 웃었다. 홍홍 할머니가 말 잘했다고 내게 눈을 찡긋했다. 그러면서 성민이를 잘 부탁한다고 씽긋 웃어 보이기까지 했다.

"여기당."

마녀가 문을 열자, 퀴퀴한 냄새와 찬 공기로 쏴 몰려왔다. 굴은 사다리 하나가 있고 깜깜해서 깊이를 알 수 없었다.

"새엄마가 마귀들을 데리고 만든 굴이랑. 사람들이 굴속에 들어오지 못하게 마법 찰흙으로 만든 괴물들이 공격할지 모른당. 조심해랑."

나는 안방 장에 놓인 50여 개의 괴물찰흙인형들을 떠올렸다. 마녀가 만든 찰흙인형들은 날카로운 이빨과 독수리처럼 커다란 발톱을 가진 동물이 많았다. 두려웠다.

"이걸 목에 걸어랑."

홍홍 할머니가 어두운 곳에서 빛을 스스로 발하는 야광석 하나씩 목에 걸어주었다.

깜깜한 굴에서 퀴퀴한 냄새와 차가운 바람이 불어왔다. 마귀들이 요사하게 웃는 소리도 났다. 나도 모르게 성민이에게 다가가 손을 꽉 잡았다.

"너 굴에 들어가 봤어?"

"아녀."

성민이가 고개를 저었다.

"난 조금 무서운데…."

나는 텔레비전에서 봤던 동굴들을 떠올렸다.

"사다리를 밟고 내려가는 것은 마귀들에게 공격당하기 딱 알맞거등. 그래서 내가 너희들을 저 아래로 내려 보내줄 거당."

"마귀들이 있으면유?"

성민이가 물었다.

"그렇담 마귀들의 입속으로 사라지징."

홍홍 할머니가 짓궂게 웃으며 말했다. 나는 단박에 홍홍 할머니가 장난치는 말이라는 걸 눈치챘지만 성민이는 달랐다.

"싫어유!"

"우리 성민이 마귀 밥 되겠넹!"

홍홍 할머니가 놀리는 재미를 맛보고 있었다.

"걱정하지 마. 내가 있으니까."

나는 성민이를 안심시켰다. 그리고 "이 칼이 있잖아." 라고 칼을 흔들며 말했다.

홍홍 할머니가 마법찰흙으로 나와 성민이를 꼭 닮은 인형을 만들었다. 그리고 짚을 가져와 둥글게 말아서 불을 붙였다.

불에 비친 홍홍 할머니의 주름은 불도그의 주름처럼 아래로 쳐진 데다 흉했다. 표정이 슬퍼 보였다.

"두려울 것 없엉. 마귀들은 멍청하고 겁쟁이양."

홍홍 할머니가 불이 활활 타오르는 지푸라기를 굴속에 던졌다. 불은 바닥에 닿자 꺼져버렸다. 마귀들의 웃음소리가 사라졌다.

"어두워서 그러지 굴은 깊지 않넹."

홍홍 할머니가 굴속을 들여다보고 나서 우리에게 끌어안고 눈을 감으라고 말했다.

나는 눈을 감고 '엄마, 반드시 엄마를 찾을 거예요.' 라고 기도했다.

몸이 붕 떴다. 발이 땅에 닿았다고 느꼈을 때, 우리 몸은 예전의 몸으로 돌아왔다.

둥근 우물처럼 벽은 모양이 제각각 다른 모양의 돌로 빈틈없이 쌓았다. 굴은 코끼리도 다닐 수 있을 만큼 천정도 높았다. 그런데 우리가 "추워!" 하고 몸을 움츠릴 때, 시커먼 돌들이 미세하게 꿈틀거렸다. 자세히 보니 돌 틈 사이로 푸른 빛이 반짝였다. 푸른 빛을 바라보면 내가 지니고 있던 용기나 생각까지 모두 빨아들이는 힘이 강렬했다. 우리는 푸른 빛을 무시하고 앞으로 나아갔다. 신발 위로 뭔가가 기다란 게 꿈틀거리며 거미처럼 올라왔다. 발을 옮겨보려 하지만 떼어지지 않았다. 뭔가가 발을 붙들고 놔주지를 않았다.

"다 찰흙으로 만든 가짜여!"

성민이가 거미 한 마리를 내게 보여주며 말했다. 거미는 성민이의 손에서 빠져나오려고 꿈틀거렸다.

"안 돼!"

나는 뒤로 한 걸음 물러섰다.

"헤헤헤! 잘 봐. 가짜여!"

성민이가 거미를 움켜쥐었다. 그러자 거미의 배와 다리가 찰흙처럼 이지러졌다.

나는 찰흙으로 만든 거미에 놀란 게 부끄러웠다.

성민이가 날 안심시키려고 말했다. 자신은 매일 아침 8시와 저녁 8시면 할머니 가게에 가서 물건을 옮긴다고 했다. 가을부터 겨울에는 일찍 해가 져서 집 앞은 어둡다고 했다. 어느 때는 캄캄하여 넘어질 때도 있었다고 했다. 어두운 건 하나도 무섭지 않다고 말했다.

난 성민이가 없었더라면 굴에 들어오지 않았을 거라는 생각이 들었다. 뿐만 아니라 성민이를 바보라고 놀린 적은 많아도 좋아한다거나 칭찬한 적은 많지 않았다. 그런 애가 나를 돕겠다고 이곳까지 함께 왔다. 그리고 성민이가 초록 도령한테 경운이와 함께 하는 게 소원이라고 말할 때, 나는 성민이가 필요 없다고 바보와 함께 다니지 않겠다고 성민이의 정강이를 발로 걷어찼다. 나라면 정강이를 걷어차이고 바보라고 놀리면 돌아섰을 텐데 성민이는 그러지 않았다. 성민이는 내게 자신이 필요하다는 것을 알았던 거다. 나를 도와주려는 마음이 있었기에 마녀와 선생님의 부탁을 거절하지 않았다.

나는 성민의 손을 꽉 잡아서 고맙다는 말을 전했다.

사방에는 거미 외에 괴상한 괴물들로 가득했다. 담력 기르기처럼 마녀

가 우리에게 두려움을 주려고 꾸몄다는 생각이 들자 두려움은 조금 사라졌다.

"조심해!"

성민이가 발밑도 잘 보라고 말했다.

"너도 조심해!"

카앙!

오른쪽에서 털북숭이 괴물이 코앞까지 다가왔다. 내가 몸을 움츠리지 않았다면 어깨를 할퀴었다. 성민이가 휘두른 나무칼에 맞은 괴물이 한차례 성민이의 코앞까지 다가왔다. 육식공룡인 티라노사우루스처럼 으르렁대며 성민이를 위협했다. 나무칼로 목을 베자 두 동강 났다.

천정과 벽에서도 괴물들이 몸을 움츠린 채 우리를 노리고 있었다. 우리는 칼을 휘두르며 앞으로 나아갔다.

"내 발! 내 바알!"

갑자기 성민이가 이를 악물고 찡그리며 몸을 내게로 기울였다. 바위인 줄 알고 내디뎠는데 괴물의 몸뚱이였다. 괴물이 성민이의 발목을 날카로운 발톱으로 잡고 놔주지를 않았다.

나는 괴물의 얼굴을 향해 칼을 마구 휘둘렀다.

크아앙!

괴물이 고통스러운 듯 앞발로 얼굴을 마구 쥐어뜯으며 몸을 뒤틀었다. 우리도 괴물과 함께 바닥에 뒹굴었다. 왼손에 있던 칼을 놓치고 말았다. 어두워서 칼이 어디로 갔는지 보이지 않았다.

"내 칼!"

나는 악어 꼬리처럼 생긴 괴물의 꼬리 밑에 눌린 채 소리쳤다. 괴물의 뒷발에 눌린 성민이가 빠져나오려고 끙끙댔다. 우리는 맞잡은 손을 당겼다. 가벼운 꼬리에 깔린 내가 빠져나올 수 있었다. 나는 칼을 찾아서 괴물의 머리를 내리쳤다. 괴물은 눈이 아픈지 앞발로 눈을 비볐다. 성민이의 발목을 칭칭 감은 게 보였다.

"네, 네 발에 뭐야?"

나도 모르게 비명을 질렀다.

차츰 어둠이 익숙해지자, 우리 주위에는 여러 마리의 시커먼 뭔가가 거미처럼 꿈틀거렸다.

"너! 너어!"

성민이가 눈짓으로 내 어깨를 가리키며 알렸다.

어깨에는 타란튤라처럼 생긴 벌레가 어깨에서 머리로 올라가고 있었다. 텔레비전에서 봤던 타란튤라보다 크기가 열 배는 컸다. 나는 방방 뛰었다. 벌레는 몸을 공처럼 말아서 굴러가다 바위 사이로 사라졌다.

성민이의 다리와 배에도 벌레가 침입자의 몸을 탐색하듯이 기어 다녔나. 거미처럼 생긴 벌레도 있고 도마뱀처럼 다리를 가진 파충류도 있었다.

"뛰어!"

나는 성민이에게 소리쳤다. 그리고 내 몸에 붙은 벌레와 갖가지 파충류를 칼등으로 때렸다. 하지만 주위에 있던 벌레들이 한꺼번에 내게로 몰려들었다.

내 발목에는 앙상한 뼈뿐인 손이 움켜쥐고 있었다. 칼로 베자 뼈가 부서졌다.

"안 돼야! 안 돼야!"

성민이가 괴물의 손에 잡힌 발목을 빼려고 안간힘을 쓰며 울부짖었다. 나는 칼로 괴물의 목을 쳤다. 죽 같은 시커먼 물이 칼에 묻어서 떨어졌다. 찰흙으로 만든 괴물이었다.

나는 홍홍 할머니를 불렀다. 돌아온 건 메아리뿐이었다.

이제 내 얼굴과 머리에도 벌레들이 기어 다녔다. 온몸이 벌레들로 고통을 느꼈다.

'허깨비야! 허깨비!'

음성이 내 마음에 전해졌다. 마치 꿈을 꾸는 것처럼,

'허깨비라고?'

'그래, 허깨비를 보고 착각한 거야!'

다시 한 번 내 마음에 전한 음성은 돌멩이 여우였다.

나는 호흡을 가다듬으며 목에 걸었던 야광석으로 주위를 비추었다.

끔찍했던 벌레들과 각종 동물 뼈들 그리고 크고 작은 넝쿨처럼 뻗은 나무들은 찰흙으로 만든 것에 불과했다.

"봐. 우리가 헛것을 본 거야!"

나는 성민이의 발목에 야광석을 비추었다. 성민이의 발목을 감은 것은 다름 아닌 굵은 밧줄이었다.

"난 진짜인 줄 알았잖아!"

성민이가 헤헤헤 멋쩍게 웃었다.

눈앞에 두 개의 굴이 보였다. 오른쪽 굴은 한 사람이 허리를 구부리고 들어가야만 하는 굴이고 다른 굴 하나는 물이 흐르고 크고 작은 바위들이 솟아있었다.

우린 솟아난 바위를 피해 조심조심 들어갔다. 바위에 물기가 있어서 미끄러웠다.

"마귀가 할머니로 변장했을지 모르니까 절대 속지 마!"

"너도."

우리는 무서움을 잊으려고 말을 주거니 받거니 하면서 굴 안쪽으로 들어갔다. 굴은 앞으로 나아가다 오른쪽 아래로 비스듬히 휘어져 있었다.

으으으!

"이게 무슨 소리야?"

굴 안쪽에서 신음이 들려왔다.

우린 누가 먼저랄 것도 없이 한 몸처럼 몸을 가까이했다. 마귀가 유혹하는 울음소리라는 생각이 들자 온몸이 얼어붙었다.

마귀의 속임수

"으으으!"

우리는 소리가 나는 굴 안쪽으로 걸어갔다. 귀에 익은 소리라서 단박에 연희라는 걸 알았다. 어린이집에 다닐 때, 상철이가 괴롭힐 때마다 연희가 울었다.

"연희가 여기를 어떻게 왔냐?"

나는 성민이의 반응을 떠 보았다. 방금 성민이가 연희에게 속지 말라는 말이 신경이 쓰였다.

"귀신이야."

"아닐 수도 있잖아."

나는 막상 연희를 보면 비록 나무칼이지만 칼로 내리칠 자신이 없었다. 오히려 연희에게 용감함을 보이려고 성민이의 말을 듣지 않을 것 같았다.

"오늘 학교에 왔었어. 그리고 피아노학원에 간다고 반장 명식이하고 먼저 갔다구."

"연희가 피아노학원에 가려고 집에 들렀다가 마녀가 전화로 불러서 납치했는지 몰라. 왜냐면 마녀는 내가 학교 수업 끝날 시간이면 연희한테 전화하거든. 그리고 쿠키 준다고 잠깐 오라고 하면 연희가 우리 집에 온다고."

"아냐! 가짜여."

성민이가 가지 말자고 내 팔을 당겼다.

나는 연희인지 확인만 하겠다고 성민이를 설득해서 여자아이가 우는 굴로 발을 내디뎠다. 동굴 안 바위 위에 웅크리고 앉아있는 연희를 발견했다. 우리가 나타나자 연희가 고개를 돌렸다. 주황색 치마에 노란색 셔츠를 입은 연희를 보자 반가웠다.

"잘 봐. 연희지?"

나는 성민이에게 연희인지 확인하라고 옆으로 비켜주었다.

어렸을 때, 연희네 집에서 잔 적이 많았고, 어린이집에 다닐 때는 엄마가 일을 마치고 올 때까지 연희네 집에서 저녁도 먹고 지냈었다. 이 사실을 성민이는 모른다.

"가짜야!"

"연희가 맞다니까!"

나는 연희에게 한 걸음 가까이 다가갔다.

연희가 많이 울었는지 눈이 퉁퉁 붓고 볼에 눈물 자국이 선명했다. 나를 보자 도와달라고 눈빛으로 애원했다.

나는 연희라고 확신했다. 울음소리며 옷 그리고 눈빛을 보면, 여섯 살 어린이집 다닐 때부터 지금까지 내 눈에 익힌 연희와 의심 가는 부분이라고는 찾을 수가 없었다.

"연희야! 너 여기 어떻게 왔어?"

나는 반가움에 연희에게 바짝 다가가 손을 내밀었다.

"안 되어! 마귀인지 한번 찔러 봐?"

성민이가 내 팔을 당겼다.

나는 마귀인지 확인하려고 겁에 질린 연희를 칼로 찌른다는 건 마음이 허락하지 않았다. 성민이가 가짜 할머니라도 칼로 벨 수 없다고 고집을 부릴 때, 이해하지 못했지만, 막상 연희를 보자 이해가 됐다.

"나, 나, 무서워!"

연희가 잔뜩 겁에 질린 목소리로 울먹였다. 그리고 추위로 몸은 떨고 있었다.

나는 어려운 상황에 놓인 연희를 도와주기로 마음먹었다. 받아쓰기 일로 서먹서먹했던 일도 이참에 풀고 싶었다.

"야. 어떻게 연희하고 옷도 똑같고 목소리도 똑같으냐!"

나는 성민이의 손아귀에 붙들린 오른팔 대신 왼팔을 뻗어서 연희의 손을 잡았다. 연희의 손은 마녀가 처음 온 날 내 볼을 만졌을 때처럼 차가웠다. 손을 빼려 했지만, 연희의 손힘은 어른보다 더 셌다. 순간 속았다는 걸 깨달았다.

"넌 마귀야!"

성민이가 칼 등으로 연희의 등을 힘껏 내리쳤다.

"찌익, 찍!"

연희가 분하다는 듯이 성민이를 노려보더니 생쥐로 변하여 굴 안쪽으로 사라졌다.

"난, 진짜 연희인 줄 알았다고."

나는 성민이를 바라보기가 부끄러웠다. 굴속에는 마귀들이 변신한 사람들이니 믿지 말라고 우긴 게 나였다. 그리고 홍홍 할머니도 굴에 있는 사람들은 마귀이니 속지 말라고 신신당부했었다.

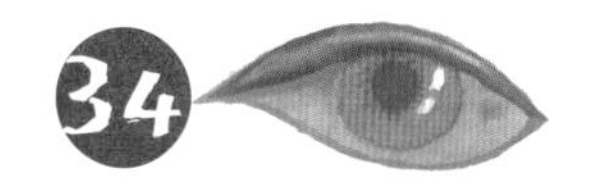

성민이가 붙들려가다

굴 안쪽으로 10여m 들어갔다. 괴물들은 더는 나타나지 않았다. 커다란 돌로 된 문이 굴을 막았다. 문에는 호박처럼 생긴 자물통이 하나 있고 오른쪽 바위에는 여러 개의 열쇠꾸러미가 놓여 있었다.

나는 "굴속에 마녀가 숨긴 약이 있을지 몰라." 라고 성민이에게 물었다.

성민이가 "그럴지도 몰러" 라고 대답했다.

"저기 봐? 뭐라고 쓴 종이가 붙어 있는데?"

나는 오른쪽 바위벽에 붙은 종이를 가리켰다.

'열쇠마다 번호가 적힌 서른세 개 중
번호 하나의 열쇠를 골라
단 한 번에 열 것
힌트, 나무를 베면 무엇이 보일까?'

"나무를 베면 무엇이 보이지?"

"나무지 뭐여."

"그게 아니라 나무를 벴을 때 보이는 게 뭐냐고?"

나는 머리에 떠오를 듯 말 듯 하여 답답했다.

"둥글게 줄이 그려져 있는 거 봤어."

"줄이?"

"우리 할머니가 종이를 깔고 앉은 의자가 나무여. 작년에 시장에 불이 났을 때 나무가 타서 베었어."

"맞아. 그게 나무의 나이라고 했어. 그게, 그게, 그게 생각났어. 나이테!"

나는 나무의 나이와 수수께끼와 어떤 연결고리가 있는지 머리를 쥐어짰다. 둥글넓적한 바위 위에는 번호가 적인 서른세 개의 열쇠가 놓여있었다.

"나이테? 나이? 나무 나이. …. 알았다!"

나는 이번 수수께기는 우리의 나이가 힌트라고 직감했다.

"너 몇 살이야?"

"열 살."

"나는 아홉 살이고…."

나는 9번과 10번의 열쇠 중 어느 것을 고를지 라는 고민에 빠졌다. 놋쇠로 된 열쇠인데 중간 부분의 모양이 조금씩 달랐다.

"이걸 하자."

내가 9번의 열쇠를 들고 고민하는데, 성민이가 19번의 열쇠를 가리키며 말했다. 나는 '왜' 라고 눈짓으로 물었다.

"그냥!"

성민이가 헤헤헤 웃었다.

'그냥!'

19번의 열쇠가 9번보다 더 내 마음을 끌었다. 이유는 설명하기 어렵지만 그중 하나가 열쇠도 하나이고 우리도 하나가 되어야 한다는 그럴싸

한 생각이 스쳤다. 무엇보다 내 마음을 움직이게 한 것은 성민이였다. 성민이와 함께할 때 모든 일이 잘 풀렸다.

철커덕!

19번 열쇠를 넣자 경쾌한 쇳소리가 울리며 자물통이 열렸다.

"와아!"

커다란 동굴에는 꽁무니에 불을 밝힌 반딧불이 날아다니며 주위를 환하게 밝혔다. 그리고 동굴 안에는 신비로운 빛과 색깔을 띠는 찰흙들이 산처럼 쌓여 있었다. 찰흙 세계에서 봤던 찰흙들과 다르다면 포장이 낡은 종이로 포장되어 있다는 점이었다. 그리고 찰흙 더미 앞에는 갖가지 찰흙인형들이 놓여있었다. 잘 만든 인형도 있지만 서툰 솜씨로 만든 인형도 있고 만들다 만 인형도 있었다. 그중 눈빛이 번득이는 동물 찰흙인형들이 우리를 노리는 것만 같았다. 괴물찰흙인형들은 수백 개는 되었다.

"야! 저길 봐?"

성민이가 손가락으로 천정을 가리켰다.

천정에도 크고 작은 수많은 동물과 곤충 찰흙인형들이 있었는데 그중 입을 크게 벌린 찰흙인형은 금방이라도 우리를 삼킬 것처럼 입을 크게 벌렸다.

그때 반딧불 한 마리가 날아와 내 오른팔에 앉았다. 책에서 봤던 반딧불이보다 몸집이 조금 컸고, 몸뚱이와 날개까지 푸른 빛이 반짝였다.

나는 반딧불이가 놀라지 않게 조심스럽게 접힌 날개 부분을 잡았다.

시시시싯!

반딧불이가 달아나려고 버둥거리며 내는 소리였다.

동굴에 있던 찰흙인형들이 잠에서 깨어난 듯 움직이기 시작했다. 나는 반딧불이를 내던졌다. 만지지 말라는 홍홍 할머니의 경고를 무시한 게 큰 실수였다.

움직이던 찰흙인형들이 멈췄다.

"다행이야!"

나는 가슴을 쓸어내렸다.

"빨리 찾아야혀."

성민이가 열쇠꾸러미가 있던 바위 오른쪽으로 가며 말했다.

"성민아, 마녀가 우리가 들어온 걸 알고 있을 거야."

나는 괴물들과 방금 문을 통과할 때 문제를 두고 말했다.

"빨리 약을 찾아서 가지고 나가야혀."

"성민아, 너는 무섭지도 않아?"

나는 성민이의 마음이 궁금했다. 성민이는 위험을 무릅쓰고 굴에 들어갈 이유가 없었다. 굴 밖으로 나가자고 말해도 이상스러울 것이 없었다. 지금이라도 나를 끌고 굴 밖으로 나간다고 해도 마녀나 선생님이 나무라기보다 칭찬할 것이다.

"저건 뭐야?"

바위틈에서 희미한 빛이 새어 나왔다. 주위에는 바위들이 쌓여 있었다.

우리는 조심스럽게 다가갔다.

바위틈을 비집고 안으로 들어갔다.

"이 녀석이 핵교는 안 댕기고 어딜 싸돌아댕기는 거여!"

그때 굴 깊숙한 곳에서 성민이 할머니의 화난 목소리가 들렸다.

"우리 할머니다."

성민이의 걸음이 빨라졌다. 할머니라고 믿는 것 같았다.

"굴에 있는 사람은 모두 가짜라고 했어. 연희처럼!"

나는 성민이의 옷소매를 잡아당기며 말했다.

"우리 할머니 목소리하고 똑같어. 내가 알어!"

서두르는 성민이의 표정에서 할머니라고 믿는 것 같았다.

"아까 가짜 연희도 진짜 연희 같아서 속을 뻔했잖아. 그러니까 너도 할머니인지 아닌지 먼저 확인부터 해 봐?"

"인석아, 으딜 댕겨 와!"

할머니가 성민이를 보자 화를 버럭 냈다. 두 손이 뒤로 묶인 채 차가운 바위 위에서 버둥거리고 있었다.

"할머니는 여기 왜 왔어유?"

성민이가 망설임 없이 다가갔다. 나는 성민이와 할머니 사이의 거리를 두려고 성민이의 팔을 당겼다.

"인석아, 이 할미 손부터 냉큼 풀어줘야지 뭐혀!"

성민이가 한 걸음 두고 망설이자, 할머니가 또 한 번 화를 버럭 냈다. 목소리와 사투리까지 똑같았다.

"여기 왜 왔시유?"

"선상님이 너가 집에 갔다고 히서 기다렸는디 너가 안 오잖여. 그리서 널 사방팔방으로 찾고 댕기다 이쁘장한 여자가 여기 네가 있다고 해

서 따라온 거여. 이눔아, 어딜 댕기다 이제 와!"

"연희가유?"

"나가 그 여자가 연희인지 으뜷게 알어!"

"지는,"

"어서 이 손을 풀고 말혀. 아퍼 죽겄어!"

쭈글쭈글한 주름살이며 앞니 없는 걸 보니 영락없는 성민이의 할머니였다. 하지만 나는 방금 연희에게 속을 뻔했던 것처럼 가짜 성민이 할머니에게 속지 말아야겠다는 생각이 앞섰다.

"가짜일 수도 있어. 칼로 등을 때려 봐. 아니면 내가 때릴 게."

"안 돼."

성민이가 칼을 든 내 오른손을 움켜 잡았다.

"뭐여? 늙은이를 때리라고! 핵교에서 배운 학상이 어찌 못 된 행실을 배워서 지껄여!"

할머니가 나를 노려보며 소리쳤다. 순간 눈빛이 늑대 눈빛처럼 번득였다. 어디선가 본 눈빛이었다.

"야! 마귀야. 진짜 마귀란 말이야!"

나는 성민이가 앞으로 나아가지 못하게 팔을 잡아당겼다. 하지만 힘이 센 성민이에게 내 몸은 끌려갔다. 성민이가 할머니의 손목을 묶었던 줄을 풀지 못하게 막아야 했다.

"담임 선상이 누구여? 내 당장 가서 선상을 혼내줄 겨!"

"할머니 지가 잘못했시유. 경운이는 내 친구에유. 아무것도 몰러유."

성민이가 할머니의 손에 묶인 줄을 풀기 시작했다.

"야!"

내가 성민이의 팔을 당겼지만 늦었다.

"이제 네 차례구나!"

할머니가 성민이를 굴속으로 끌고 가면서 낄낄거렸다. 어제 봤던 마귀 할머니였다.

"성민아!"

아무리 불러도 벽에 부딪혀 돌아온 건 메아리였다. 무엇보다 성민이가 곁에 없으면 좋지 않은 일들이 일어났다.

나는 두려웠다.

귀를 기울이자 바람 소리처럼 괴기한 소리가 사방에서 들렸다. 어디선가 음산한 웃음소리도 들렸다.

성민이가 있을 때 느끼지 못했던 두려움까지 더해져 몸이 굳었다. 마음은 마녀가 굴속 어딘가에 숨겨둔 약병들을 찾아야 한다고 재촉했다. 그리고 약병들을 없애야 우리 가족이 위험에서 벗어날 수 있다고 날 굴속으로 들어가게 했다.

나는 굴 밖에 두고 온 동생 구렁이의 마지막 눈빛을 떠올렸다. 마녀에게 붙들리지 말고 돌아오라는 간절한 눈빛이었다.

나는 마음을 다잡았다.

내리막길을 따라가자 물이 고인 커다란 웅덩이가 있었다. 물이 떨어지는 폭포를 향해 빛이 환하게 비추었다.

푸아앙!

갑자기 물속에서 솟구친 괴물이 천정까지 솟아올랐다가 다시 물속으로 사라졌다. 물이 사방으로 튀었다. 벽과 천정에 그리고 내 얼굴과 옷에도 초록색 물방울이 맺혔다. 아무리 떼어내려고 해도 초록색 물방울은 떨어지지 않았다. 물방울은 젤리처럼 말랑말랑했다.

초록색 물방울이 두어 번 꿈틀대더니 애벌레가 번데기에서 나오듯 두 갈래 갈라지면서 송충이처럼 생긴 애벌레들이 머리를 드러냈다.

얼굴과 옷에도 송충이들이 굼실굼실 움직였다. 나는 송충이들을 떨쳐내려고 팔짝팔짝 뛰며 비명을 질렀다.

"살려주세요!"

왔던 길로 달렸다.